朝日新書
Asahi Shinsho 924

よもだ俳人子規の艶

夏井いつき
奥田瑛二

朝日新聞出版

はじめに

「よもだ」という勲章

夏井いつき

正岡子規が生まれたのは伊予国（現・愛媛県松山市）。私が今、暮らしているのも伊予の松山。俳都松山とも名乗っている。

伊予の言葉に「よもだ」というのがある。

「あの人は『よもだ』じゃけん」とか『よもだ』ぎり言いよる」とか、そんな使い方をする。「へそ曲がり」というか、「わざと滑稽な言動をする」というか、そんなニュアンスだ。

皆さんは、子規の有名な横顔の写真をご存じだろうか。

陰気臭い顔して、真横を向いて、特徴ある後頭部がぐりんと突き出している、あの白黒の写真だ。明治時代に写真を撮ることは贅沢の極みであったろうに、なぜ、横を向く？　誰もがそう思うに違いない。

松山市立子規記念博物館名誉館長であった天野祐吉さんが「ソッポを向く人」という題名で子規について書かれた文章がある。

（略）もっとも、そのころになると、ぼくも少しはアタマが働くようになってきて、この人がソッポを向いているのは、別に奇をてらっているんじゃない、この人の生き方の一つの表現なんだろうと思うようになった。

「ソッポを向く」ことは「よもだ」に通じるものではあるが、「よもだ」という言葉は一筋縄ではいかない複雑な意味を内包している。天野さんは、「よもだ」という言葉について、別の文献で以下のように分析しておられる。

標準語で言うのはとてもむずかしい。が、乱暴を承知で言ってしまうなら、「反骨の精神をおとぼけのオブラートでつつんだような気質」ということになるだろうか。

そうなのだ。まさにこれが「よもだ」の真髄というヤツだ。

「よもだ」は、単純に短所というわけではなく、人とは違った視点を持ったり、人が気づかないところに目がいったりする長所もある。なにクソ、迎合してたまるか。やると決めたことはやるのだ、という不屈の精神も含んでいる。

普通の社会生活においては面倒くさい性格だと思われるが、新しいことを切り開くには必要な資質ともいえる。そういう意味では、子規はかなりの「よもだ」であった。

修辞を捻(ひね)くり回す旧守派を陳腐と断じ、西洋画からヒントを得た「写生」という技法を提唱する。俳句のみならず、短歌や文章の革新運動を進める。批判されても微動だにもせず、倍返しの熱量で議論を戦わせる。

とはいえ、そこには常にほのぼのとしたユーモアがあり、愛さずにはいられない人間味で、周りの人々を魅了する。

若くして罹患（りかん）した死病（結核菌による脊椎カリエス）の床には、仲間や弟子がいた。伝染する病にもかかわらず、子規の病床は子規を慰めようと、金魚玉を携えてくる者、扇風機のようなものを持ってくる者など引きも切らずに誰かがいた。「よもだ」の子規を、誰もが愛していた。

今回、俳優であり映画監督でもある奥田瑛二さんに初めてお目にかかった。週刊誌選句欄の選者も務める彼は、俳人でもある。腰を据えて話してみると、この男、筋金入りの「よもだ」であることが分かった。

俳句を愛する者同士、子規について語り合おうという企画なのだから、子規の秀句名句を深掘りするものだと思っていたら、彼がいきなり取り出したのは、傾城（けいせい）や遊女を詠んだ句群。自ら、それらを「艶俳句（つやはいく）」と名付け、それら一句一句から広がっていく映画的世界観について熱弁を振るい出した。
子規が先輩の一念にくっついて遊郭に行った記述があることや、遊女を詠んでいる句があることは知っていたが、こんなに沢山詠んでいることは今回初めて知った。それもこれも、奥田瑛二という堂々たる「よもだ」との出会いがあってこその発見だった。

そもそも、何かを表現する世界に身を置く者は、多かれ少なかれ「よもだ」でなければやっていけないのではないか。表現上のオリジナリティを追求するとなれば、人と同じ方向を向いていては見つけられない。究極のリアリティに徹するとなれば、呆れられるような集中力で一つのことに拘（こだわ）る必要もある。表現者にとって「よもだ」とは、一種の勲章であるのかもしれない。

二人で語り合った三夜は、笑いと熱弁に溢（あふ）れていた。お互いに好き勝手をしゃべりつつ、存分に酒を楽しんだ。

こんな「よもだ」な対談が一冊になること自体が、かなりの「よもだ」だ。そんな一冊をうっかり手に取り、面白がって下さる方がいるとすれば、そんな貴方もかなりの「よもだ」に違いないことは、断言しておきたい。

雲の峰太る道後上人坂伊月庵にて

よもだ俳人子規の艶　目次

［凡例］

子規作品の表記は、松山市立子規記念博物館・俳句検索システムの表記を採用しています。

https://shiki-museum.com/masaokashiki/haiku

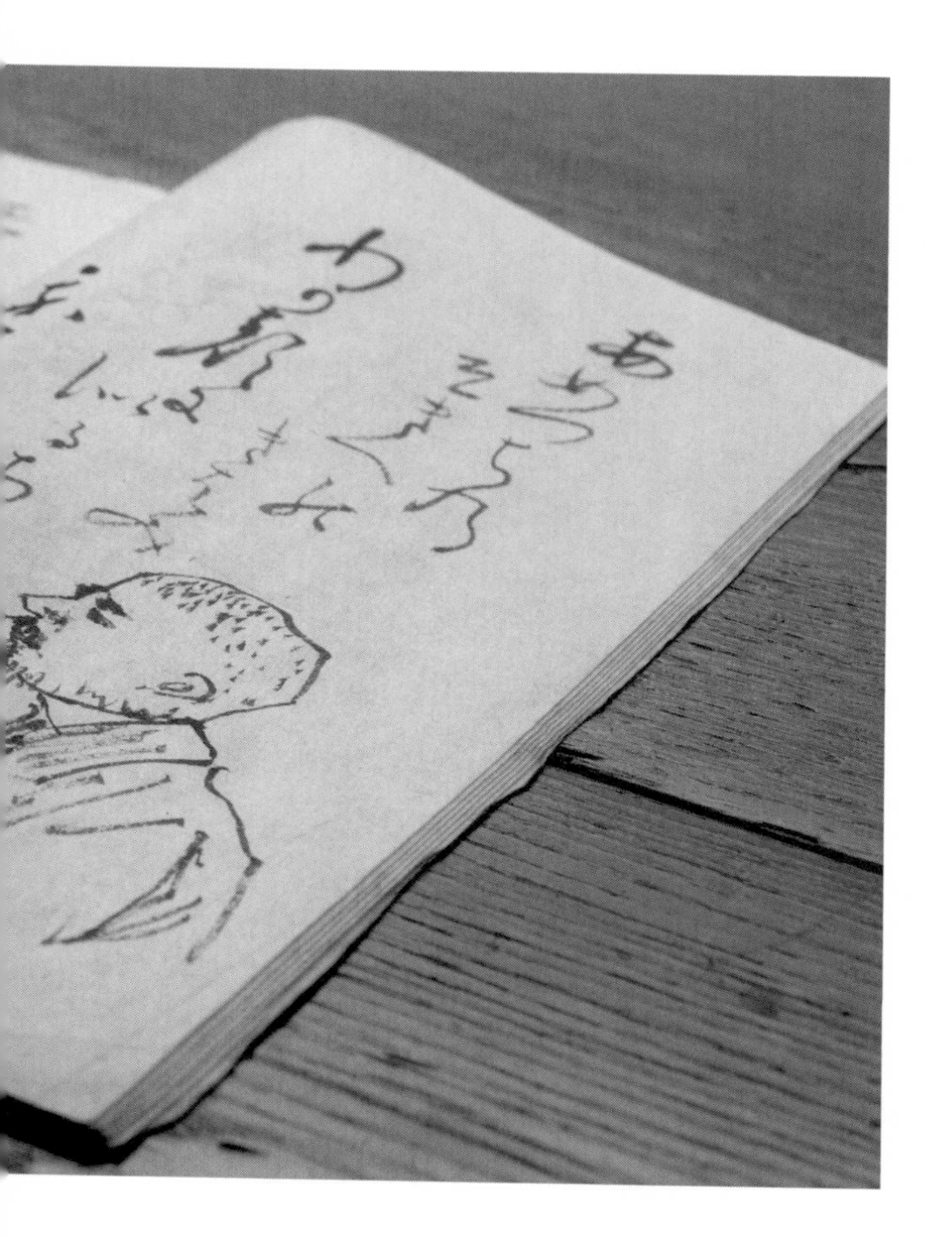

正岡子規（1867～1902）が描いた自画像。「明治卅（さんじゅう）四年一月一日　歳旦帳」と記されたこの冊子は、年賀客の芳名録のようなもの。河東碧梧桐ら賀客の俳句・短歌・画の他、子規の俳句５句と自画像２点が収められている。

構成　八塚秀美
編集協力　三浦愛美
写真　朝日新聞社

〈第一夜〉松山

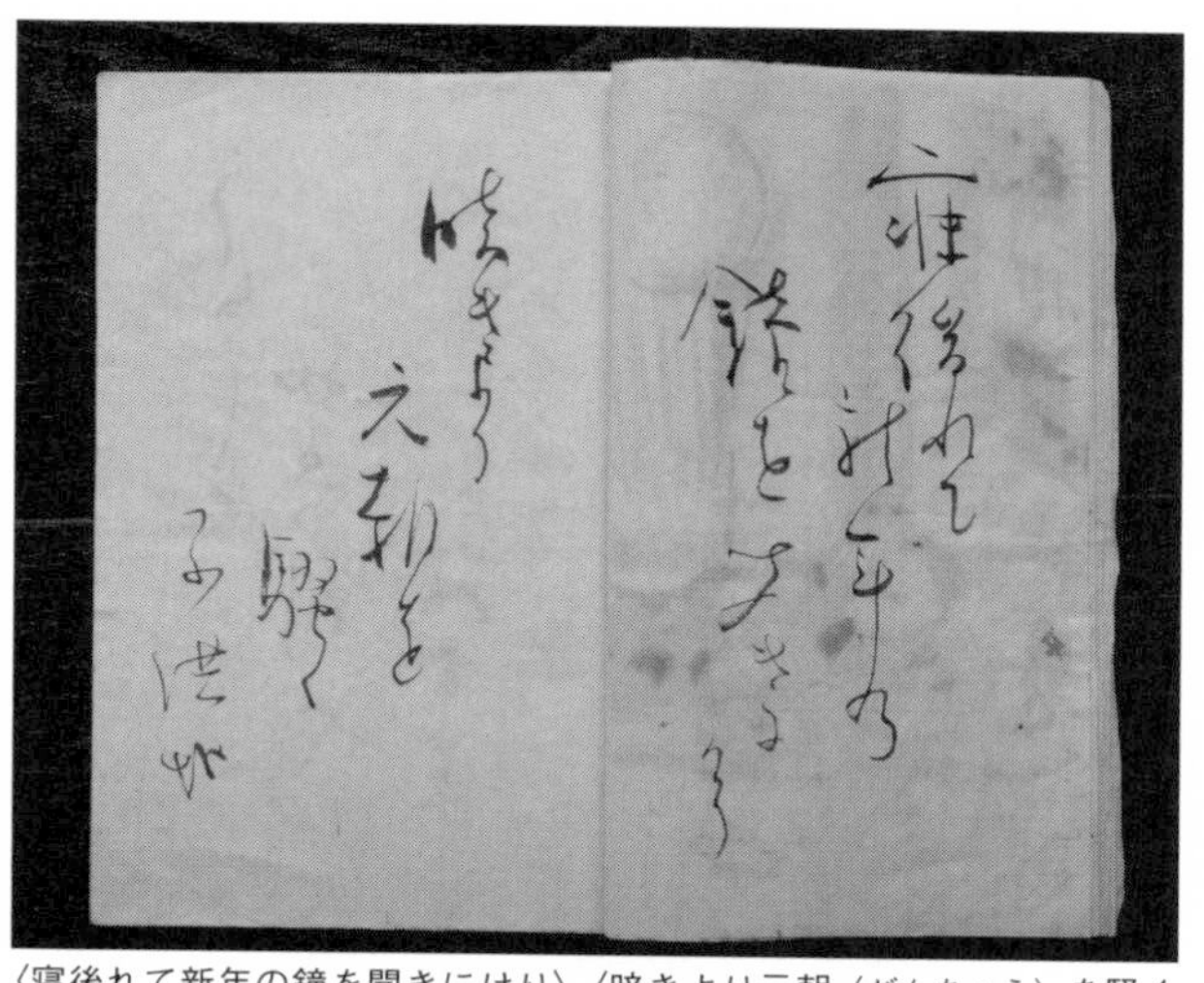

〈寝後れて新年の鐘を聞きにけり〉〈暗きより元朝（がんちょう）を騒ぐ子供哉〉。どちらも子規の句とされる。「歳旦帳」（1901年）より。

子規に艶俳句

奥田　僕は生来の怠け者で、強迫観念にかられないと動けないタチなんです。いただいた膨大（ぼうだい）な子規の資料は、夏井さんとの対談日が決まってからの一気読みでした。

夏井　奥田さんは、瞬発力で乗り切るタイプなんだ（笑）。

奥田　僕自身、俳句を始めてから三十年以上経っているんですが、子規に限らず、松尾芭蕉や与謝蕪村ら、有名な俳人たちにはほとんど興味がなくて。唯一、小林一茶はちょっと面白いかな？　と思うくらいで。

だから、驚きましたよ。「いっちょ腰を据えるか」と始めたら、これがまぁ面白いのなんのって……完全に先入観を覆（くつがえ）されちゃった。

なんといっても、子規の傾城（けいせい）の句の数にびっくりしてねえ。「子規とエロス」って、全くイメージになかったから。

夏井　エロス！　しょっぱなからずばりと来たなあ。確かに、私も子規と女性って縁遠いものだと思っていた。

奥田　恥ずかしながら、僕は「傾城」という言葉も知らなかった。こういう表現があるんだなと。

夏井　一般的にはほとんど使われない言葉だから。

奥田　「傾く城」と書いて、「けいせい」と読む。一国一城の主をメロメロに惚れさせて、城を傾けさせてしまうほどの美女、男を狂わせる魔性の美貌の女、「ファムファタル」。

夏井　それが転じて、「遊女」を意味する言葉になった。それにしても意外だよね。恋愛とは縁遠いと思われてきた子規に、これだけ傾城の句があったなんて。

奥田　この驚きは、これまで抱いていた子規のイメージとの落差というよりも、新しい人物に出会ったような感覚に近いです。それも、僕の職業に近しい感性の男に、ね。

夏井　「俳優」奥田瑛二の感性？　それとも「映画監督」の奥田瑛二？

奥田　俳優としても、映画監督としても、子規の表現者としての嗜好に通じるものを感じてしまったわけです。

「ロマンティシズム」とでも言えばいいのかな。自分の美意識や感覚を表現するのが俳優であり監督だとしたら、俳人も同じなんだなと。その感覚を貫くために、時には社会に対して反抗的な精神が必要になるのも共通しているなと。

もちろん、社会への迎合も必要で、自分の表現を流通させるためには、世の中にある程度合わせなければいけないことも知っている。でも、そのバランスが難しい。一見、エンターテインメントの形に仕上げながら、実はちゃんと「毒も入れたぞ」というね。そんな絶妙なバランス感覚を、子規の傾城の句に感じちゃった。

夏井　なるほど。面白い分析だなあ。

奥田　思えば、どの時代でも表現者は同じ悩みを抱えてきたんでしょうね。自分の創作欲のままに突き進んでも「売れない」。ですが、多少は売れないと表現の機会すら得られなくなります。映画でいえば興行収入、本でいえば出版部数など、表現者とはいえそれらの数字と無縁ではいられない。

夏井　そのバランス感覚を子規の俳句に感じたんだ。

奥田　ええ。子規って、もっと堅物なんだと思い込んでたのに、実はこんなエロスを感じさせる俳句を残していた。これは「艶俳句」と呼んで一括りにできる作品群だなとも。

夏井　子規の「艶俳句」！　すごいネーミングだなあ（笑）。しかも、これらの子規の句に、表現者のバランス感覚を見るのが、奥田さんならではの視点でとても新鮮！

奥田　江戸から明治の浮世絵師だって、王道の作品と春画の双方を描いている人が多いでしょう。日本人の情緒の原点回帰というか、品性を保ちながら表現していくエロスが、子規の艶俳句の色だと思うんです。

夏井　まさに奥田さん的解釈だ！　これは、新しい子規俳句の切り口になりそうな予感。

奥田　嬉しくなってきたな。これまで三十年以上俳句を詠み続けてきた甲斐があったというか。

夏井　天下の奥田瑛二がそんな……。

奥田的俳句観

奥田　僕は、人と一緒に詠むのが苦手なので、句会などとも縁遠くて。一人で淡々とジミ～にやってきました。「独りぼっちの俳句」と自分で名付けてます。

夏井　ちょっと、可愛すぎやしない（笑）。まるで、スナフキンみたいじゃない。

奥田　実際にそうなんですってば。俳句の先生たちからも完全に見捨てられているの。「奥田は奥田で、勝手にやれ」と。だから、「僕は僕で勝手に生きて詠んでいく」というスタンスでやってきた。

夏井　全然アリ！　自分のペースが一番！

奥田　だからかなあ。「俳句をやっている」と素人がカミングアウトするのって、大げさに言えば、清水の舞台から飛び降りるほどの覚悟が要る気がしていまして。

夏井　また奥田さん語録が聞けそうだ！

奥田　俳句は、自分の本質が問われるでしょ。あれこれ苦心して一句ひねり出しても、五七五には結局「素の自分」がさらけ出される。大きい人間、カッコいい人間であるかのように見せたくても、残念ながらそうはいかない。

要するに、カッコつけられないわけです。なぜなんだろう？　と一時真剣に悩んだこともあって、ああ、これは俳句に限らず、茶道や華道、柔道や空手などにも共通することだと思い至ったんです。要は「エステティック」ではないということ。おっぱいを大きくしたい、上半身をマッチョにしたいとジム通いするのとは全然違うんだなと。

夏井　アハハ、言いたいことは分かった。なるほどね。

奥田　俳句は、装いやお飾りをはぎ取って、個人の骨の髄（ずい）をまな板の上にのせちゃうんです。言葉を削ぎ落としていくと、無意識に隠してきた本性が露わにされてしまうわけ。

夏井　奥田さんらしい視点だなあ。十七音の俳句では、「こう見られたい」と着飾ることができない。「実はこうです」というのがバレちゃうと。

奥田　俳句が他の趣味と異なるのはその点で、僕にとっては、教養を磨くためのものではない。心を本質的なレベルで鍛え抜こうという覚悟が伴わないと、俳句を続けてはいけない気がします。

たとえば「僕、俳句をやっているんです」と言った瞬間、相手のスイッチが、カチッと入ることとありませんか？　「ああ、俳句をされているんですか」と相手も軽く応えているようでも、明らかにモードが変わる。その瞬間、「ああ、武道と一緒だな」と。

夏井　武道と同じスイッチなんだ。

奥田　ビリッと音がするんですよ。刀をどちらが先に抜くか、互いに間合いをはかりながら対峙（たいじ）しているような。それでいて抜いた瞬間、「うん」とお互いにその刀をさやに収めて、「じゃあ、酒飲もうか」となる。

夏井　奥田さんにとっての俳句は、見えない刀を抜き合っているような感覚なんだね。

奥田　俳句はその十七音に、「日本刀の切っ先が見える」から、生半可な気持ちではその刀を持てない。だけど持った以上は、ちゃんと鍛えていかなきゃいけません。

夏井　面白い捉え方だなあ。そもそも奥田さんが、俳句をやろうと思ったきっかけは何だったの？

奥田　俳句との出合いは三十代半ばで、ちょうど、テレビドラマの『金曜日の妻たちへ

Ⅲ』や『男女7人夏物語』に出演していた頃ですね。一年間、月刊誌『家庭画報』で著名な方々と対談するホスト役を仰せつかっていて、京都の瀬戸内寂聴さんを訪ねたんです。

　最初は超ビビっていたのですが、そこは寂聴さん、見事でしたね。対談が始まった三十分後には、「ブランデー持ってきて」と（笑）。真っ昼間に、いい感じに飲みながら対談をさせていただいたんです。取材終了後、「今日はあなたがいらっしゃると聞いて、素晴らしい山の料理屋さんを用意したのよ」と。

夏井　いいね、いいね。

奥田　ところが、そこからが一筋縄ではいかなかった。寂聴さんの庵（いおり）、「寂庵（じゃくあん）」の本堂を降りたところで、やおら振り返ってこう仰（おっしゃ）った。
「あ、ちょっと待って。奥田さん、一句詠んで」

夏井　そう来たか！（笑）

奥田　「はぁ？」ですよ、こっちは。

「俳句を一句詠んで。それを詠まなければ、今晩のご馳走はナシ」

「い、今ですか？」

「そう今。タクシーに乗るまでの間。そこの門で待っているから、それまでに詠んでね」

「え……」

夏井　寂聴さんでしか書けない筋書きだ（笑）。

奥田　門まで三十メートルくらいで、何か特別なことなんて起きようもない。途方にくれていたその瞬間、「ホーホケキョ」と鶯（うぐいす）の鳴き声が聞こえてきた。見渡せば、周囲には竹の生け垣、その向こうには林の借景。どうやらそこから聞こえてくる。その瞬間、

「救われた！」と。

「こっちよ、お乗りなさい、早く」と寂聴さんに声をかけられ、ダダダッと駆けていくとひと言確認のお言葉、

「できたの？」

「はい、できました」
「なら、お乗りなさい」
何とか無事にタクシーが発車しました。

夏井 寂聴さんは、その潔さを見たかったのかもね。

奥田 車が走り始めたら、今度は「ねえ、あなた、名前なんておっしゃるの?」って。

夏井 さんざん対談した後なのに?

奥田 ええ、さすがに「何を今更……」と内心思いながら、「奥田ですけど……」と応えたら、「違う違う、それは本名じゃないでしょ。俳優さんの時の名前でしょう。私が聞いているのは、本名」と。思わず、背筋が伸びちゃった。

夏井 そうか。芸名ではない、本名を知りたかったんだ。

奥田 「安藤豊明と申します」と答えたら、「あ、そう、ふーん」と黙り込んでしまわれた。いったい何なんだ? と首を傾げていたら、三度目の問いが飛んできた。
「で、できた句はどんな句? 言いなさい」

夏井　私もそれが聞きたい。

奥田　今でもちゃんと、覚えていますよ。

鶯の鳴けるやさしさ我に無し

夏井　ほうほう。

奥田　あ……寂聴さんの反応もそんな感じだった（笑）。「あ、そう。あ、そう」と、またもや黙ってしまわれた。その三十秒後くらいかな、再び振り返って仰った。

「あなた、俳句をおやりなさい。これまで俳句を詠んだことはあるの？」

「ありません、小学校で習ったぐらいです」

「あら、そう。今日から詠みなさい、俳句をね」と。

夏井　それが出発点なんだ。とってもいい話。

奥田　実は続きがあって……、「あなた、豊かに明るい『豊明』という名前なのよね。

じゃあ、俳号を差し上げます」。

夏井　うわっ、俳号いただいたんだ。

奥田　それが「寂明」という俳号です。寂しくて、明るい。

夏井　へえ。「寂」が付いているということは、ご自分の弟子と認めてくださったわけだ。すごい。

奥田　そんな立派な俳号を頂戴しながら、忙しさにかまけて、しかも生来がチャランポランな性格なので、それにふさわしい俳句詠みに成長していない……というのが今の状態です。

夏井　奥田さんが俳句を詠む時は、寂明さんなの？

奥田　深い号を頂いたな、と今でもドキッとします。「寂しい」も「明るい」も、どちらも自分の奥底を言い表しているから。

でも、いまだにこの俳号を記すことを自分には許していなくて。俳句は自己流に好き勝手に詠んでますけど……。

夏井　ためらっているの？

奥田　自分にはまだ、「寂明」を名乗る資格がないと思ってて、どうしても「瑛二」って書いちゃうんです。

夏井　分かるような気がするなあ。寂聴さんが「あなた、寂明ね」と俳号をくださった。その有り難さが分かっているから、なおさら簡単に使えない。

奥田　まさにその通り。

夏井　俳号は、自分で付けても問題ないものだから、先生から頂いた場合には、それが自分と一体になるまでに時間が必要な場合もあるんだろうね。

奥田　先日も色紙に「瑛二」と記したら、ある人から「なんで『寂明』とお書きにならないんですか」と訊かれまして、「いや、瑛二でいいんです」としか応えなかった。だって、いろいろ説明すると最悪の場合、「自分にしっくりこないから、使っていない」と思われてしまう可能性もある。それは避けたかった。

「寂明」という俳号は、「自分を支えてくれる」と言ってもいいほど、寂聴さんから頂いた人生の宝物なんです。

僕は俳優からスタートして、絵描きにもなって、映画監督もしているけど、「死ぬ間際までできるのは、監督業だけ」と思っている。なぜなら俳優や絵描きは、途中で体力が尽きてしまう可能性が高いから。長いセリフが覚えられなくなったり、思うように体が動かせなくなったり、絵描きだって結構な体力を使うからね。

そう考えると、俳句も、死ぬまでずっと続けられるなと。僕にとっては、唯一の文学でもあるし。だから独学とはいえ、品性を保ちながら詠んでいきたいんです。

夏井　それが、奥田さんが俳句をやる時に自分にかけた「枷（かせ）」なんだ。

奥田　はい。むしろ俳句は、枷をかけて一生続ける価値があると。だからかな……「寂明」という俳号は非常に恐れ多くもあり、同時に力づけてもくれる。今、自分から名乗らない理由は、この俳号が真に僕の原動力であるからかもしれない。

夏井　ズドンと腹に収まる話だったなあ。

奥田さんには三つの名前があるわけだけど。本名の「安藤豊明」さんと、「寂明」さんと、そして芸名の「奥田瑛二」さん。

この中で、芸名の「奥田瑛二」とは、安藤さんにとってどういう存在なの？

奥田　「奥田瑛二」の名は、僕にとって弾道ミサイルみたいなもので、一番エネルギッシュで、どこにでも容赦なく飛んでいける装置かな。

夏井　え、弾道ミサイルってそういうものだった？

奥田　いえ、違います（笑）。ちゃんとした弾道ミサイルは、予め設定した地点を目指すんだけど、僕のミサイルは縦横無尽に飛んでいくようなイメージ。現世の森羅万象の中で、「奥田瑛二、一号」がずっと空を飛びまわっている。

夏井　ちなみに「奥田瑛二」の芸名はどうやって決めたの？

奥田　これも人から授けられて。

夏井　奥田さんは授けられる人生なんだ。他にも授けられたものが多そうだけど（笑）。

奥田　ええ、家も妻に授けられました（笑）。若い頃から俳優を目指すも、不遇時代はホームレス状態で、妻に出会って救われたんです。

夏井　奥様の惚気（のろけ）話が始まりそう……（笑）。

奥田　とはいえ、「不遇時代」だって楽しかったなあ。自分が一番やりたいことを貫くためなら、どんな日常だって卑屈にはならないでしょ。むしろ今となっては、あの頃の経験を感謝しているくらい。

主観と客観

僕は人生で、「祠（ほこら）」に籠もる時間がとても大事だと思っていて。天照大神は天岩戸（あまのいわと）に籠もったでしょう？　真っ暗な空間に一人籠もっていると、いろいろなことを考える。子宮回帰現象です。まっさらな自分に向かい合って、「自分とはどういう人間」で、「本当は何をしたいのか」を自問自答する。

そのうちに、外野が気になりだす。他の皆が、楽しくにぎやかに生きているのが聞こえてきて、おもむろに耳を澄まして外を眺める。そして、再び外に一歩二歩と、歩み出していける。

夏井　「祠」的な時間が必要なんだね。外界で働いたり遊んだりするばかりでなく、人生一度くらい自分の中に引きこもってもいいよと。

奥田　一度と言わず、二度や三度でも（笑）。漆黒の闇の底に落ち込んで、膝を抱えて、恐怖心やら不安やらにとことん付き合って這い上がってきた人間は、岩戸に隠れる前よりも、ずっと強くなっているはず。

こういう体験は、古今問わず必要とされてきたのに、現代は違います。一人で籠もれるような祠もなければ時間的余裕もない。あるいは一度「引きこもり」になっちゃったが最後、今度は表に出ていくタイミングを見つけられずに苦しんでしまう。

僕のオススメは、日常生活に身を置きながら、自分の分身を「心の祠」にポイッと入れるのを「習慣にすること」。

「俺は今、会社で仕事をしているけれど、お前さんはちょっと祠に籠もっていてくれ。そして自分自身を見つめてくれ」、と。

訓練でそれができるようになると、長時間引きこもらなくても、本来の自分を取り戻せるんじゃないかと。

夏井　面白いなあ。普段から自分の心の「祠」に、自分をちょっとだけ閉じこめる習慣を持つんだ。

奥田　子規も「主観」と「客観」について語っているように、「自分」は必ず二人いる。普段は「主観」で物事を感じ、活動しているけれど、一方でそれを「客観」的に眺めているもう一人の「自分」がいる。「祠」に籠もることが、まさに客観なんだと。俳句って、「主観」と「客観」を分離するところからだと思うんです。

夏井　まさに、俳句を始めた人は、「あ、自分の中にはもう一人の『自分』がいるんだ。主観と客観があるんだ」と気づき始めるよね。

たとえば、綿虫（わたむし）を見て、「あ、これが噂に聞く季語の綿虫というやつか」と気づくのが「認識」の第一歩。これまで、小さいのが綿みたいにフワフワ飛んでいる鬱陶（うっとう）しいだけの存在だったのが、俳句を始めた瞬間、季語の綿虫としてしっかりと認識されるわけ。

次に来るのが「観察」。「いったいどう表現したら、綿虫を知らない人の脳裏にも、映像として変換されて、ありありと見えるか」と。しげしげと綿虫を眺め始める。

ここで重要なのは、「客観的に観察すること」。つまり「客観視」なんだけど、客観視で最も難しいのが、自分自身を眺める時。隅から隅まで見知っているはずの「自分」が、一番見えていなかったりする。ましてや、自分が自身に対して「カッコいい自分」を演じてしまっていると、「素の自分」を、なかなか客観視できない。どこまでも主観的な自分で突っ走ってしまう。

そういう意味では、子規の客観視のレベルは、凡人を超越しているよね。最後には「自分が死ぬ」瞬間の光景さえ、「客観視」してしまうんだから。

糸瓜咲て痰のつまりし仏かな

奥田　すごいなあ。〈仏〉と言っちゃうんだ。
夏井　死にかけている自分を、幽体離脱のように天井の端っこから眺めている。これが本当の「客観視」。子規にとっては、もはや自分が死ぬことすら、一つの興味の対象になっていたんだろうなと。子規の辞世の句は、俳句をやっている人間にとっては、究極の到達点だよね。

俳人にとっては、自分がどんどん老いていく、その過程すらも興味の対象となっていく。老眼鏡がないと本が読めないとか、ちょっとした坂でもハアハア息切れがするとか。主観的には嫌なことには違いないんだけど、客観的には興味の対象なの。

奥田 心の鍛錬を積み重ねていけば、僕もそこまで行けるんじゃないかな。

夏井 身も心も鍛錬してダンディをこなしてきた奥田さんなら、一歩有利（笑）。

奥田 つけ加えると、「ダンディズム」は「ナルシシズム」ではない。鏡を見てポーズ付けて、「俺はいい男だ」と悦に入っているのとは全然違う感覚だから。

夏井 自分に酔う「ナルシシズム」は、客観視ではない。

奥田 子規の最期の光景なんか、職業柄か、つい映像が浮かんできちゃうんです。根岸の子規庵で、病床に臥せり、もう黄泉の国のほとんど三途の川付近にいる子規が、辞世の三句を詠んでいく。

糸瓜咲て痰のつまりし仏かな

痰一斗糸瓜の水も間にあはず

をととひのへちまの水も取らざりき

五七五という世界最短の文学に、己を凝縮する。最期のエネルギーを俳句に託す一人の男の姿を、どうしても想像してしまいます。

夏井　子規が辞世の句を書き遺す様子は、その場に居あわせた河東碧梧桐（かわひがしへきごとう）の回顧でもよく知られているよね。辞世の三句が記されていく様子がリアルで。まさに最後のエネルギーを俳句に託すという表現がぴったり！

奥田　今回、辞世の句や子規のよく知られた句と対峙した後に、艶俳句を読んだこともあって、子規の両極性がズシンと心に響きました。

人には、他人には隠しておきたい「本当の自分」がいる。汚い自分、ドロドロした自分、女に溺(おぼ)れる自分……、そんなものは表に出したくない。だけど文学をやる人間は、それを隠してはおけない。あがきつつも、本来の自分がどうしても表出してしまう。

そう考えると、子規の艶俳句には、彼の人生や死生観までもがあるんです。表現の奔放さだけでなく、人として、男として切実な性の問題もある。そちら方面に淡白だったのかと思ったら、艶俳句を読むと、どうもそうでもなさそうな気もしてくる。

三十四歳で亡くなった子規を思うと、ふと、過去に自分が詠んだ句を思い出しました。

あじさいや雨に打たれて死に急ぐ

あじさいや雨に打たれて生き急ぐ

寂聴さんに言われて詠んだ時、両方比べて最終的に、〈生き急ぐ〉を選びました。
そういえば、子規の紫陽花（あじさい）の句は、実に不思議な句ですね。

紫陽花やきのふの誠けふの嘘

花には花の命があって、種から芽を出し、葉を出し、太陽の光を浴びて蕾をつけ、花を咲かし、盛りを過ぎて枯れ朽ちていく。まさに人の一生そのままだけど、そう思うこと自体が「人間のエゴ」でもある。花は人とは無関係に咲いているのに、人間はその花に自分を重ねてしまう。

夏井　奥田さんは、この句を擬人化した紫陽花だと読むんだ。

奥田　人間の究極のエゴを感じます。だけど考えようによっては、自分の一生を植物と同化させているのは、ある意味「客観視」なのかも、とも。季語があって、文字数が極端に少ない俳句だからこそ、「対象との同化」という現象が起こり得る。
やはり俳句は、「客体」と「自己」の関係の勝負ではないかと。

夏井　この句だと、紫陽花という「客体」と「自己」との勝負ってこと？　詳しく聞きたいなあ。

奥田　勝負といっても、「客体」に「自己」が勝つのではなく、しまい込む感覚かな。自分とは異質な「客体」なのに、それを一気に「自己」に取り込むのが俳句だなと。その見事さ、凄みをさっき僕は武道や「刀」に喩（たと）えたけれど、俳句は決して出刃包丁ではない。相手を自己の身勝手で無残に切り刻むような野蛮な刀ではなく、日本刀か、むしろジャックナイフ。鍛冶職人が丹念に研ぎ澄ませた刀であって、切られた相手が切られたことすら気づかないような鋭利な刃。そしてその刃に狙われるのは、相手でもあり、自分自身でもある。

夏井　奥田さんにとって、俳句は自分との勝負なんだ。
目に見えるものを詠む場合も、自分の内側に耳を澄まして、どう見える？　どう感じる？　と自分自身に問いを投げかけてる感じなんだね。

奥田　だから本当は僕、俳句から逃げたかった。でも、逃げられなかった。

夏井　逃げなかったのはどうして？

奥田　「逃げていいよ」という天からの声も聞こえているのに、「いいや、俺はここにいる。ここにいたい」と。要は、自分が望んだんです。

夏井　自分との勝負である俳句を「やめる」のは、自分から遠ざかることにもなるから逃げられないし、逃げたくなくなる。奥田さんにとっては、自分との一騎打ちなんだね。

奥田　そして、「やめる」のはやめよう、と決心した。だけど、ちょっと「休憩」はしようと。

夏井　「休憩」なら逃げるのではない。

奥田　時には休憩する。雨宿りと一緒です。

俳句を楽しむ

夏井　あのね、私のところに切羽詰まった表情で、「僕はもう俳句の才能がないから、やめようと思います」って告白しに来る人が大勢いるのよ。彼らは自分が作った句がなかなか評価されないことに絶望していて、切なくなって、やめたくなっている。そんな時に私はこう言ってるの。

「俳句は、傑作を求める世界じゃない。たまたま見事な句ができても、呼吸がきれいにきまったくらいなもの」だよと。

奥田　子規だって、駄作がたくさんあって、その膨大な中から、ほんの少し傑作があるわけだから。

俳句とは、「すべてあり」な世界だと思う。その「すべてあり」の中で、一つの句が命を得て生きていくには、そこに美しさがなくちゃいけない。僕は、品性の質を求めていきたいなと。

夏井　いいなあ。奥田さんらしいなあ。自分と勝負して、「すべてあり」なんだ。

奥田　「すべてあり」だからこそ、俺だけの道、お前だけの道が見つかる。その道は大きな街道から外れた、細く険しい人も通らぬ獣道でもいい。大事なのは、その句にその人の「品性」と「アバンギャルディズム」があるかどうか。

俳句はわずか十七音でありながら、最も長なる文学です。十七音から生まれるイマジネーション、想念の世界は無限大で、作り手がわずか数語しかヒントをくれないからこそ、受け手はどこまでも想像力の羽を伸ばせる。これこそ世界最短の文学が、あらゆる芸術を凌駕（りょうが）すると言われる所以（ゆえん）です。

夏井　だから、その「品性」や「芸術性」をどこまで破れるかということにも、ワクワクするんだよね。自分にどこまでできるだろうかと。

奥田　今、超可愛い顔をしていますよ。

夏井　今こそ、握手やな（笑）。俳句の面白さに合意ができた。制約がある中で、自分にいったい何ができるか。それをとことん楽しんでいく。

大切なのは、「自分が楽しむ」ことが何よりも先頭にあること。辛さしか残らなくなったら、俳句を詠む意味なんてなくなるからね。それに、俳句の神髄に一度でも触れたら、「楽しめない」なんてことはまずないし、「他人が評価してくれない」なんて、アンタは何のために俳句やってんの？　ということになる。

それに評価されないどころか、「批判」なんて、生きていれば当たり前。これまで私もどれだけ批判されてきたことか。そのたびに挫(くじ)けていたら、とっくに俳句をやめてるよね。

奥田　俳優業でも監督業でも、僕もさんざん批判されてきました。でも、本当に自分がそれを好きならば、そこで挫けちゃいけない。

今、ものすごく批判されても、五年後、十年後にはもっと成長しているかもしれないし、時を急いじゃいけない。しかも時間は、自分だけのものでもない。僕には娘が二人いて、二人とも弟子のような存在ですが、この弟子が褒められると、自分が褒められるよりももっと嬉しい。自分の想いを受け継いだ弟子が評価されたら、それはそれでバンバンザイです。

夏井　おお、「時間は、自分だけのものでもない」。私が言いたかった！　奥田さんごめん、これから時々使わせてもらうかも（笑）。

奥田　どうぞ、どうぞ、差し上げます。

夏井　ちゃんと原典「奥田瑛二」と言うから（笑）。ああ、カッコよすぎる。今日は奥田瑛二のおごりやな。

奥田　今回、正岡子規についても、五十年ぶりくらいの受験生になった気分でガーッと勉強したんですが、十八歳の頃よりも、自分は頭よくなっているなと。十代の頃の方が、そりゃ記憶力はよかったけれど、理解力や解釈、鑑賞の部分では遠く及ばない。今は歳を食っただけあって、子規の人格形成からして興味が湧いてきちゃった。

幼くして父を失い、母と妹に囲まれて育つ。高等中学に行き、上京して東大予備門を経て帝大に進学して中退。編集者となり従軍記者となり、そして病に罹り吐血する……。彼の歩んだ道が、とても興味深くて、彼の人生がとてつもなく気になった。

僕は右脳だけで生きてきた人間だけど、五十年ぶりの勉強で左脳もフル活動させたら、ようやく右脳と左脳が連動し始めた感じです。この感覚を中学時代に体得していたら、東大行ってたな、絶対に（笑）。

夏井　東大なんて入らんでいいから（笑）。

奥田　東大入らなかったおかげで、今ここにいられるわけだから。「学術」とは、「学ぶ術」だけど、「学び」とは、ただ純粋に「学ぶこと」だから、これは一生涯続くなと。

実際、子規の句には人生がギュウギュウに詰まっている。三十四年の短い人生に、生老病死が詰まっている。

夏井　すでに、奥田さんが今回の膨大な資料の意味を汲み取ってくれているのが嬉しいなあ。こちらからポンと送り付けた子規の俳句を、どう受け止めてくださるか、理解してくださるか。それが一番のキーポイントだったから。

奥田　そして、生老病死が詰まっている俳句の中で、先の子規の艶俳句に目が離せなくなった。

夏井　そのあたりも、さすが、映画『るにん』（二〇〇四年）の監督さんならではの視点なんだよね。

奥田　『るにん』ときましたか。いや、明治という時代は、吉原や品川などの江戸時代から続く遊郭がある一方で、世の中は確実に江戸から近代へと移り変わっていた。鉄道や大学や郵便制度が整いつつある中で、人々は遊郭をどういうものとして扱っていたのかなと。

子規の仲間たちも、初めて訪れた遊郭を「吉原って、思った以上のところじゃないな」なんてうそぶいたりしている。時代が移りゆく中で、あえて「傾城」という言葉を選ぶような意味合いについても知りたいと思ったんです。

松山の色里

夏井　うちの伊月庵（いげつあん）は、道後の上人坂にあるんだけどね。かつて子規と夏目漱石が愚陀仏庵（ぐだぶつあん）で五十二日間の同居生活をしていた時も、二人はこの坂を歩いたらしいのね。

奥田　子規が漱石のところに転がり込んだという愚陀仏庵！

夏井　そう。漱石の下宿だった愚陀仏庵の一階に子規が居候した。漱石は二階ね。

当時の漱石は松山中学校で英語教師をしていたから、まっとうな社会人。一方の子規は、病気を心配する周囲の反対を押し切って「日清戦争に行きたい！」と従軍記者になったものの、戦争が終結。しかも、帰りの船で喀血して重態に陥り日本にたどり着いた。そして、神戸の須磨保養院で養生後に、漱石の下宿に転がり込んだわけ。

奥田　漱石がその頃、松山にいたというのが、まさに運命。

夏井　そうなの。漱石が二階で真面目に仕事してると子規は友人たちを集めて句会を始めちゃう。うるさくて仕方なくて、結局漱石も俳句を始めることになった。

奥田　子規が漱石に「よし、俳句を教えてやるから、俺の弟子になれ」と言ったわけじゃなかったんだね（笑）。

夏井　階下でワイワイ人が集まって楽しくやっているから、思わず下りてきてしまった。そんな二人が歩いた坂（現・上人坂）の突き当たりにあるのが宝厳寺でね。これがまた由緒正しいお寺で、創建は七世紀にまで遡るとか。しかも鎌倉時代に時宗を開いた一遍上人の生誕地と伝えられているの。鎌倉時代に流行した、念仏を唱えながら踊る「念仏踊り」の一遍上人。

それでね、ここからが重要なんだけど、子規が生きた時代には、宝厳寺への坂の両脇には遊郭がずらっと立ち並んでいたの。

奥田　あらま。お寺さんへの坂の両サイドが遊郭？　いいねぇ（笑）、いい眺めだ。

夏井　漱石の小説『坊っちゃん』にも、〈山門のなかに遊郭があるなんて、前代未聞の現象だ〉と書かれている。漱石も、遊郭街のどん突きに寺があるって何なんだ、と驚いたんだろうね。今は、その坂が上人坂と呼ばれていて、そこに伊月庵がある。

奥田　ああ、それが子規が「色里」の句を詠んだ寺なんだ。

色里や十歩はなれて秋の風

この句を読んだ時、遊郭街を、少し離れたところから眺めているイメージだなと。なるほど、実際には宝厳寺の山門から詠んだわけだ。まさしく十歩先には遊郭があった。

夏井　百五十メートルほどの坂の両側が全部遊郭だったから、さぞや圧巻だったはず。でも、そのことを知っているのは、もはや私たち世代くらいまでで、今じゃ全く面影はなくなってしまった。

奥田　遊郭だった家屋は残ってるの？

夏井　いいえ、もうほとんどが更地になってしまったの。

奥田　それにしても遊郭街のどん突きにお寺があるというのは、いいもんだ。子規の句に、仏さまと傾城が相並ぶ句があった謎が、今やっと解けました。

虫干や釈迦と遊女のとなりあひ

傾城の悟り顔なり蓮の花

夏井　その頃の情緒を理解するためにも街並みが残っているとよかったんだけど、残念ながら当時の艶やかさは今や皆無なの。

奥田　でも、想像はできる。僕らは想像するのが仕事だから、エピソードを聞くだけで、目の前の空き地に当時の光景がブワッと顕れる。ぜひ、行きたいなあ。

夏井　わずかに名残を伝える建物も残ってはいる。遊郭らしい造りで、入り口は狭くて、ズンズン奥に進んでいく構造。しかもその奥には、何かあった時に逃げられるための階段もある。

残念なのが、その界隈で一番大きな「朝日楼」という遊郭が取り壊されて、駐車場になってしまったこと。あれは本当にもったいなかった……。

奥田　防災上とか、保存資金とかの問題かな？

夏井　遊郭という「女性の性を売り買いしていた場を残していいのか」という意見もあったとか……。

奥田　何ともったいない……。というか、女性の人権を考えればこそ、残すべき意義があっただろうに。かつてここにこういう建物があった。それをしっかり忘れずにいよう、と。

夏井　まさにそう。かつて女性たちが性を搾取された場所だからこそ、取り壊すべきなのか残すべきなのか、もっと議論がし尽くされるべきだったなと。なくなってなおさらに残念で……。

奥田　「取り壊してしまえ」は、「なかったことにしてしまえ」と同じだから。

夏井　朝日楼が壊される時に参加した見学ツアーでは、残したいと考えている参加者も多くてね。建築の専門家などは、写真も残して、図面も全部保存して、「いずれまた再建となった暁(あかつき)には、確実にかつての遊郭を再現できるように、ちゃんと情報は残します」と言われていた。

奥田　心強いなあ。そういった情報があれば、現代の防災面もクリアして、再建することは可能だから。まさに映画『幕末太陽傳(でん)』（一九五七年、川島雄三監督）に出てくるような、豪華な建物だったんだろうなあ。

夏井　ツアーに参加して非常に切なくなったのは、一つひとつの部屋の異様なまでの狭さで……。ああ、こんな狭いところで客を取らされていたのかと。

私の記憶が確かであれば、朝日楼はコの字型に建ってってね、そのコの字の真ん中に、立派な桜の木があってそばに井戸があった。その桜と井戸を見た瞬間に、鳥肌が立っちゃって。この桜と井戸は、何人の女の生きざまと涙を見てきたんだろうって。

そういった女性たちの魂を無残にもかき消して、なかったことにしてしまったのが何とも残念で。むしろ、ちゃんと朝日楼を再現して、松山市の文化遺産として残すことが、かつてこの地に生きた女性たちの証になるんじゃないかと。もし朝日楼がちゃんと復元されれば、ドラマや映画の収録にも使えるはずで。松山市にとっても江戸から明治、大正、昭和と歩んできた日本の歴史を振り返る観光資源にもなるのにね。

奥田　松山市のみならず、日本人すべてにとって歴史、文化、風俗の参考になる。過去をことごとく捨て去りがちの日本だけど、現代に生きる僕らが残しておくべきことの一つに違いない。

夏井　鎌倉時代には一遍上人が歩いていた坂。明治時代には子規や漱石が歩いた坂に、令和の今、伊月庵が建っていることに胸が躍るよね。そして、こうやって奥田さんと酒を飲みつつ大いに語り合っている。

欲望と風俗

奥田　今回の夏井さんとの対談もそうですが、僕は「偶然」の出会いが人生を左右していくと思っていて。しかもこの偶然は、文字通りの偶然というより、心の中で思い描いてきたイマジネーションに導かれる形で、人と人は出会っているんじゃないかと思ってるんです。

夏井　なるほど、カッコええなあ。それが奥田さんを寂聴さんと出会わせ、俳句に辿り着いた。心の中で求めたものが偶然の出会いを呼んでいるんだ。

奥田　人はいつも何かを求めて生きている。それが「どんなものか」によって「偶然の出会い」が生まれ、人生そのものが変わっていく……。だから、心の中で何かを求める時は、その芯のところは清廉でなくてはならないなあと。何かを「学びたい」「教えてほしい」時も、そこに邪心があったら、良い「偶然」は訪れない。「これを学んで名声に役立てたい」なんて下心があってはダメで、清らかな心の欲求でないと、いい学びは得られない。

ただね、この世でたった一つ、清濁併せ持つ欲が存在していて。

夏井 それは何？

奥田 セックスです。

夏井 なんとなく、そこに行くと思った（笑）。

奥田 そして、子規の艶俳句を読んだ時に感じたのが、清濁併せ持つ人間の欲望だったんです。

夏井 今回、子規がこれほどの数の艶俳句を詠んでいたのは、ものすごい驚きだったけど、その驚きが去ったあと、嫌な感じが全然しなかったんだよね。裏切られた感が全くなくて、むしろ彼の創作意欲、人間性の深みを感じたというか。
その艶俳句に清濁併せ持つ子規の欲望を見ていくというのが、人間の業やエロスも含めて描ききる『るにん』の監督的視点なんだろうなあ。

奥田 いえいえ、僕はただのエロ俳句詠みだから（笑）。
そんな僕にとっても、子規の艶俳句は、百科事典のようで。「こういうエロさに、こんな表現方法もあるんだ！」というね。宝石箱のようだと言ってもいいくらい。
逆に、「子規の表現を現代的にするとどうなるか？」というのも自分自身の学びになって、楽しくて仕方なかった。

夏井 これらの艶俳句は、これまで注目されてこなかった子規の一面。それを奥田瑛二がどう味わっていくかに私はとても興味があって。

奥田 子規の艶俳句で特に興味深かったのは、「禿（かむろ）」が結構な割合で出てくるということ。禿を詠むバランス感と、世界の眺め方が、非常に面白い。

夏井 遊里を舞台にすると、どんなに美しい女を詠んでも、どこか悲しさが付きまとってしまう。意のままにならぬ人生、逃れられない運命のようなものが伝わってくるよね。
でも、それが禿になると、そのいとけなさで、一瞬容赦のなさが緩和される気がしちゃう。もっとも、この子たちもいずれ……と想像してしまうわけだけど。

奥田　時代背景も絶妙です。「遊女」や「禿」と聞くと、僕らはどうしても江戸時代の風俗をイメージしてしまいがちだけど、子規が生きた時代というのは、江戸と現代のちょうど端境期。江戸情緒がバリバリ残っているかと思うと、近代を感じさせる瞬間もある。そんな時代がクロスする風俗を子規の句で読み取れるのが、これまた贅沢この上ない。
「遊女」を買いに行く男たちを眺めても、和装の人間もいれば、短髪に洋装の奴もいるんだろうなと。

夏井　なるほど。風俗を描いた作品としても俳句を読んでいるんだ。そこも映画監督ならではの読み解き方だなあ。
では、第二夜からは、具体的な子規の艶俳句を取り上げていきますか。

〈第二夜〉 東京

1891年、千葉・房総を一人旅した正岡子規の記念写真。笠に〈同行は笠にたのんで二人かな〉の句が記されている。

艶俳句の子規

奥田　まずは、第一夜でも登場したこの句から始めたいです。

色里や十歩はなれて秋の風

夏井　艶俳句の中でもかなり有名な句だよね。松山の遊郭街のどん突きにある宝厳寺で詠んだ句で、宝厳寺さんの境内にも、この句の句碑が建っている。〈色里〉と始まるわりに、生々しくないよね。

でも、だからかな。この句の印象が大きいからこそ、私は大きな勘違いをしていて、子規が〈色里〉を詠んでも、外から眺めるくらいだろうとタカをくくっていた。

ところが、こんな句もあって……。

女郎買をやめて此頃秋の暮

シレッと〈秋の暮〉なんて、そんなに〈女郎買〉していたの？　と、思わず突っ込んでしまった（笑）。

奥田　大した女性経験などないのだろうと踏んでいたら、実に爆弾的な句ですよね。この句で思い出した光景があるんです。僕は昔から自分の誕生日が嫌いで、皆に囲まれるお祝いムードが苦手でね。今はもう時効だから白状しちゃうと、誕生日にあえて吉原に行ったことがあって。

夏井　なぜ、そこで吉原が出てくるのか、理解が難しいけれど（笑）。

奥田　当時はまだいろいろと抗（あらが）っていたのかな。

夏井　大人になっても、まだ分別にまみれないぞと。

奥田　でも、行ってみると、もう本当に心が殺伐（さつばつ）としてしまった。もはや何の感動も喜びもなく、帰りの道をトボトボと歩いて帰っていったあの侘（わび）しさといったらなかった。

季節は三月で、子規のように秋ではなかったけれど、心に冷たい風が吹きすさび、言いようのない物哀しさに襲われて。当時の荒涼たる我が心を、まざまざと思い出してしまった。

夏井　この句に、生身の体験がそれほど乗っかる人がいることに、驚くわ（笑）。

奥田　どうしても、秋の持つ二面性のうち陰の方を感じてしまって。天高くさわやかな秋空は清々しい。けれど、心に穴を抱えた人間にとって秋は、心の隙間にスッと入り込んでしまうような寂しさを感じさせる季節でもある。

夏井　もしかしたら子規は、色里に対して、季語〈秋の暮〉が内包している「もののあはれ」のような感覚を持っていたのかもしれないね。常に心のどこかで、〈十歩はなれて秋の風〉を感じている。

奥田　そうなんです。子規の艶俳句は、どこか冷静で、心の底からのめり込んではいない。客観性が見事だと。

夏井　〈色里や十歩はなれて秋の風〉は、明治二十八年の句。子規の年齢は、明治の年号とほぼ重なるので、明治二十八年なら、二十八歳と考えればいいからとても分かりやすいの。この年、子規は、日清戦争の従軍から帰る船で大喀血をしてしまう。

奥田　そして療養後に、漱石と一緒に愚陀仏庵で過ごしたんですよね。大喀血後の弱々しい体で詠んだかと思うと、何とも切ない。心象的に〈色里〉は、随分と遠くに感じられたはず。〈秋の風〉も、ことさら肌身を冷やしたんではないかと。

夏井　やりたいこと、見たいことが、まだまだたくさんあるのに、思うように生きられず、諦めざるを得ない。ひょっとしたら、自由に生きられない遊女と我が身を、重ね合わせていたフシもあったのかもしれない。

奥田　精神的な思いはいくらでも遠くに飛ばせられる子規だけど、肉体的な限界は、どうしたって受け入れざるを得ない。そこが、遊女たちに惹きつけられた理由の一つかもしれませんね。「体は売っても、心は売らぬ」という、おもねらない生きざまに。

夏井　遊女たちの中には、肺病を病んでいる女性たちもいただろうし。そして、客を選んだり、拒んだりすることができない彼女たちの境遇に、逃れられない運命に置かれた者同士の共感を感じていたのかもしれない。

子規の艶俳句には、「傾城」の語が出てくるものだけでも、百数十句。そして、「傾城」というキーワード以外にも明らかに遊郭関連を示す言葉もたくさんある。「出女」「辻君」「禿」の他にも、「吉原」や「見返り柳」など。吉原遊郭の入り口に構えていた「大門」も、吉原情緒たっぷりに詠んでいる。

大門や夜桜深く灯ともれり

吉原へ通うための「猪牙船（ちょきぶね）」が行き来していた「今戸橋」の景が目に見える句も。

牡丹載せて今戸へ帰る小舟かな

次の「局（つぼね）」は、本来は上流階級の女性をいう敬称だけど、局女郎も思わせるよね。時代により品格は異なるようだけど、花魁ほどの高位の遊女ではなく、中から下にあたる遊女たちが局女郎。

一本の菫あらそふ局かな

そして、江戸・東京の吉原以外にも京都の遊里「島原」を詠んだ句も。

島原の一本桜古りにけり

奥田　こう並ぶと、それぞれの花に、遊女の身を重ねて読んでしまいそうだなあ。

夏井　古風な「きぬぎぬ」の句もある。漢字では「衣衣」もしくは、「後朝」と書くんだけど、和歌で詠まれてきた「きぬぎぬ」の歌といえばピンときやすいかな。男女が共寝して過ごした朝を指すだけでなく、その朝の別れのこともいう。

長き夜や誰がきぬきぬの鶏が鳴く

寒さうに皆きぬきぬの顔許り

きぬきぬを朝顔の花に見られけり

奥田　別れがたい男女の情緒がある「きぬぎぬ」の句群。これらはやはり、艶俳句に入れておきたいなあ。

もっとも、中にはこんなユニークな句もあって。

きぬぎぬに蚤の飛び出す蒲団哉

夏井　可笑しいよね。しっとり男女の美しい褥（しとね）を想像した次の瞬間、蚤（のみ）がピョーンと飛び出していくのだから。リアルな実体験に違いないと思ってしまう。

奥田　この蚤のリアルさは、絶対通ってただろうなと。

夏井　そう言いきる奥田さんに紹介したい詩があって（笑）。

子規は俳句以外にも、短歌や漢詩、随筆など、あらゆるジャンルに挑戦しているんだけど、新体詩も書いていてね。新体詩は、昔ながらの七五調のリズムなんだけど、西洋詩の影響を受けて、近代人の自由な発想や感情も詠みこんだ詩で、当時流行したの。

その子規の新体詩が、その名も「床待の歎」。どうやら、船の中で艶夢を見たあとに妄想が浮かんできて、眠れなくなって詠んだ詩らしい。

いつか見そめし赤功（テガラ）　三年このかた氣も楓（カヘデ）
雪のふる日も通ひ筒　くれどなびかぬ深工（ダクミ）
廊下靜かに時は虹（ニジ）　それでも女郎はきて紅（クレナイ）

奥田　声に出して読んでみると、まるでラップのようなノリ！

夏井　意味がまた、笑っちゃう。〈赤功〉というのは、結婚した女性の丸髷（まるまげ）の根元に掛けていた赤いきれのこと。それが転じて「新妻」の意味も。艶夢から生まれた妄想の詩。意味をざっととるなら、こんな感じかな。

いつか見そめた赤功のあの女。（女の面影を追って）三年この方、気も変えないで通い続けている。
雪の降る日も通っている。だけど全然なびいてくれない。
廊下も静まり返って時刻は夜更けの二時。それでも女郎は来てくれない……。

奥田　いやあ、面白いなあ。女郎に待ちぼうけさせられる妄想なんて、どんな夢を見ていたのか推して知るべしだ。

夏井　明治二十三年の作とのことだから、まだまだ体も元気な頃。最初の喀血は二十一歳だけど、その後も元気に各地を飛び回っていたから。

ちなみに、艶俳句は、二十代に多い。三十代は体も衰えてきて、外出もままならなくなっていくから当然と言えば当然だけど。

奥田　元気な若い頃ならではの、艶夢からの妄想なんだろうなあ。

夏井　子規の吉原初体験は、友人の柳原極堂（やなぎはらきょくどう）の案内によるもので、十七、八歳の頃と言われていて、期待したほどの情緒がなくて失望したとか。

もっとも、俳句は必ずしも実体験が必須ではないし、仮に未経験、もしくは一、二度の経験でも、そこから言葉は出てくる。頻度より深度。つまり、強烈なイメージとして脳裏にありさえすれば、自ずと一句は生まれてくる。だからこそ私は当初、子規の艶俳句のほとんどは、彼の妄想の産物だと思っていた。時代がら、数度は遊郭に行っただろうけれど、その時のささやかな体験を基に詠んだのだろうなと。

今回知った艶俳句の数々についても、子規はよく仲間内で一つのお題を出して、皆で十句作るという「一題十句」というのをやっていたから。しかも、そこに集まるのは、圧倒的に同年代の若者たちで、若いオトコたちが集えば、テーマもそっち方面に行くのも自然だろうなと。「次は傾城で十句！」とかね。

奥田　あり得るなあ。ちょっとした自慢大会（笑）。

等身大に描く

夏井　そのノリなら、大量生産も可能なんじゃないかと。でも、一つひとつ丹念に読んでいくと、想像だけでは詠めない句が少なからずあって。次の句なども、頭で想像するだけでは決して出てこないはずだと。

傾城の菫は痩せて鉢の中

遊郭に上がり、ふと室内を見渡すと、菫（すみれ）の鉢が置いてある。「ああ、こんなのを育てているんだな」と情緒を感じる一方で、よく見ると菫はか細く元気がない。野に咲く菫との雲泥の差を感じてしまった。これなど実際に体験しないと、なかなか生まれない。絶対に実景だなと。

奥田　同感です。遊女の部屋を詠む場合、他にも分かりやすいアイテムがあったはず。鏡とか、着物とか、煙草とか……、でもそこに菫の鉢がくる意外性。妄想や観念ではないリアルな光景で、人工的に着飾った遊女と、本来は野に咲くべき菫との取り合わせにハッとさせられます。

夏井　次も、そのリアルさに驚かされて。

傾城の噛み砕きけり夏氷

盛夏に、遊女がけだるく氷をガリガリかじっている図なんて、想像だけでは生まれてこないよね。

奥田　これは僕も不意を突かれたし、情景が際立って実に良かった。色っぽさを超えて異様に生々しい。妄想だけなら、もっと美しく分かりやすい艶やかさになるはず。でも、この句にはそういう気取りが全くない。

女が真夏に肌を露出しながら、氷をガリガリかじっている……エロス以外の何物でもなく、それを他ならぬ子規が十七音に収めている。凄まじいインパクトです。

夏井 今にもガリガリという音が聞こえてきそうで、とにかくリアル。この女性は、奥田さんの映画のワンシーンに出てきそう。

奥田 いかにも視覚的であり、映画的。女が、ガリッと氷を噛む。無邪気なのか、それとも内心の想いを噛み砕いているのか……、どちらのパターンでもワンシーンとして使えますね。

夏井 そのガリッとやっている向こうで、春には菫を育てている鉢がある。小物のディテール描写が、子規の観察力を証明している。

奥田 記者でもあった子規の、現場を把握する力を感じさせます。菫と並んで、牡丹の花も際立っていたなと。

傾城の瓶にしぼみし牡丹哉

先ほどが痩せた菫なら、今度は活けた牡丹がしぼんでいる。こうしたリアルな描写は、僕らを一瞬でその場に連れて行ってくれますね。

遊郭という場は、特に初体験の身では、「ハレ」の空間です。だからこそ、子規のような鋭敏な美的感覚と観察力を備えた人間は失望してしまった。だけど、通い続けるうちに、「ハレ」の場も日常化して「ケ」の世界になっていく。そして、子規が描く艶俳句のほとんどは、遊郭の「ケ」の部分であり、本質の部分。絢爛（けんらん）豪華な「遊女」との幻想ではなく、生活臭の強い女性との、けだるい日常。いわば、「背中越しの傾城」です。

夏井　なるほど。確かに、妄想ではない、私たちが日常的にくつろいでいる時のような、等身大の女性たちがいるよね。

そして、等身大といえばこの句です。

傾城の汐干見て居る二階哉

遊郭の二階から、向こうの潮干狩の様子を眺めている遊女。「あの景色に自分は決して交じれないのだ……」と。子どもの声も聞こえてくるだろう潮干狩ののどかさと、遊女の運命の対比が何とも物悲しい。この二階は、永遠に隔てられた二階で、彼女が下りていくことはない。

奥田 僕も、この句は気になったものの、ちょっと美しすぎるな、とも。遊女の儚(はかな)さや切なさが伝わってきますが、あまりにもきれいすぎやしませんか（笑）。

夏井 奥田さんとしては、切なさを美しく描くのではなくて、リアルな現実を突きつけてほしいんだ。

奥田 僕が子規の艶俳句に凄みを感じるのは、あらゆる遊女たちの階層を詠んでいることです。いわゆる遊女たちである「傾城」。宿場町なんかにいる客引き女の「出女」。その下の「辻君」や「夜鷹」まで。ここまでくるともう、ちゃんとした妓楼(ぎろう)に上がってコトに及ぶのではなく、そこらへんの路地での情事になる。道の茂みの陰や橋の下などに蓆（むしろ）を敷いて、そこで男女がもつれ合う世界。その落差や振れ幅がすごい。子規という男は、それを平等に淡々と詠んでいる。

夏井　奥田さんの表現者としての感性に近い子規というのがそのあたりなんだ。

奥田　道端で男を待ち受け、隙あらば引っ張り込もうとする女たちの荒（すさ）みぶりまで詠んでいるでしょ。そして、彼女たちの唯一の商売道具である、〈衾（ふすま）〉や〈こも〉といったぼろきれのような夜具や敷物までも。

辻君の衾枯れたる木陰哉

辻君の白手拭や冬の月

蚊遣りすてゝ辻君こもをかゝえ行

夏井　どれも映像的で小道具がリアルだよね。〈冬の月〉の寂寥感が辻君の境遇の凄絶さをいやましていく。

奥田　子規の中には、彼女たちに対する同情や哀れみの感情があるのでしょう。同時に彼女らを客観視する眼も徹頭徹尾存在している。温かな心情と、冷え冷えとした描写が、共存しているなと。

艶俳句なんて聞くと、一瞬ワクワクと心躍ってしまうわけだけど、子規が映し出すのは、坂を下るがごとく落ちぶれていく女性たちのなりゆきで、いたたまれない。かつては「～ありんす」と言って高飛車に座っていた女が、年老いて出女になり、辻女になり、最後は汚れた川岸が生業の場になるという……。

夏井　子規の艶俳句だけで、映画の一本や二本、撮れてしまうんじゃない？

奥田　『鬼龍院花子の生涯』（一九八二年）や『極道の妻たち』（一九八六年）などの、五社英雄監督の世界につながる女という性の脆さと強さがあるなあと。良くも悪くも、男には絶対に体験できない、女性しか生きられない世界を子規は観察し、淡々と詠んでいる。一種、同業者的な畏敬の念すら感じてしまいます。

夏井 ああ、「同業者的な畏敬の念」なんだ。

奥田 一方で、まだ年若く可愛らしい禿も詠んでいる。

仲町や禿もまじり雪掻す

走り來る禿に聞けば夜の雪

居つゞけに禿は雪の兎かな

夏井 一人前の遊女になるために修業中の禿たちだけど、そこはやはり少女らしさが漂っている。遊郭では、雪の降る朝は居続けする客が多かったそうだけど、汚れのない禿の姿が目に焼きついたんだろうね。

奥田　遊郭の女性たちの凄絶な人生を目の当たりにした後で読むと、無邪気さにホッと一息つける半面、でも、ゆくゆくはこの子たちも……と思ってしまう。そこがまた何とも切ない。

滲み出る運命

夏井　子規の艶俳句は、明治二十六年が圧倒的に多い。記録としては、二十七年に当時新聞記者の古島一雄（一念）に連れられて遊郭に行ったことは分かっている。これら禿の句は、二十九年〜三十年に詠んだもの。子規の不調の原因が脊椎カリエスだと分かるのは、二十九年の三月で、この時手術もしているから、実景であるのかどうか……。想像やかつての思い出を頼りに詠んでいる可能性もあるよね。

奥田　脊椎カリエスは、背骨が結核菌におかされる病。今でこそ結核のメカニズムは理解されていて、治療法もあり、そこまで恐れる病ではなくなったものの当時は致死の病。

三十歳前後の人生の盛りにそんな「最後通牒」をもらったわけだ。

夏井　『仰臥漫録』の明治三十四年九月二十九日には、〈吉原の朝を写したるもの〉として次のような思い出が記されている。

あるとき一念に伴はれて角海老に遊んだ次の朝一念は居続けするといふので蒲団かぶつて相方とさし向ひでうまさうに豆腐か何か食つてたから自分は独り茶屋へ帰つてその二階からしばらく往来を見て居た　するとその時横町から出て病院へでも行くのであらうと思はれる女が二人頭は大しやぐま、美しき裲襠着て静かに並んで歩行く後姿に今出たばかりの朝日が映つて竜か何かの刺繍がきらきらして居る　これを見て始めて善い心持になつた　吉原で清い美しい感じが起つたのはこの時ばかりだ

奥田　「一念」ということは、まさに二十七年頃かもしれない。寝たきりの状況になっ

て、朝日に映る清く美しい女性の姿を思い出しているのが、また切ないなあ。
清く美しい女性の姿といえば、僕は芍薬（しゃくやく）の花が大好きなので、気になった句がありまして。これはどう解釈したものだろうと。

芍薬は遊女の知らぬさかり哉

夏井　「立てば芍薬座れば牡丹歩く姿は百合の花」の美人の形容でよく知られる芍薬。確かにこの句は、いろいろに解釈できそう。

奥田　まず、芍薬が一番の美しい盛りを迎えている事実がある。この句の〈遊女〉は、幼い頃から禿として遊郭に入り、芍薬が満開に咲き乱れている光景を見たことがないのかもしれない。あるいは今、女盛りも知らず、命を終えかけている遊女かもしれない。もしかすると、美しいまま命を終える遊女の姿を、芍薬に重ねているのかもしれない。こうした彼女たちを待ち受ける運命を思うと、どうしても〈さかり〉の語に、その後命を落としてしまう遊女を想像してしまって。

夏井　詠まれているのは芍薬なのだけど、その芍薬の美しさに遊女の美しさを重ねてしまうよね。花の芍薬の盛りを感嘆しながらも、その奥にある、いくら美しくとも遊里の世界では本当の盛りを迎えられない彼女たちの運命がちらついてしまう。

奥田　俳句が示すヒントはわずか十七音ながら、読み手の受け取り方には限りがない。華やかで美しい芍薬は、遊女の一過性の若さや美しさそのもの。ヒントが少ないからこそ、妄想をとことん掻き立てられますね。

一方、次の牡丹の句は間違いなく花そのもの。

豁然と牡丹伐りたる遊女かな

無情にも、美しい牡丹を鋏（はさみ）で切ってしまった遊女。この句には、どこかしら女の業が表れているようで、胸がザワついてしまった。

夏井　〈豁然（かつぜん）〉に心の迷いがないよね。この上五が、俳優であり映画監督である奥田さんの心を波立たせたんだろうね。

奥田　同じように、胸を突かれたのが、次の句。

捨團扇遊女の顔のあはれなり

夏井　〈捨團扇（すてうちわ）〉は、秋になり不要になって置き捨てられた団扇のこと。

奥田　団扇がポーンと投げ捨てられているわけですよね。団扇を放り投げたのが遊女なのか、はたまた客なのか、そこは定かではないのだけれど、取り合わされた言葉にグサリと胸を突かれちゃった。

夏井　〈遊女の顔のあはれなり〉ね。

奥田　上五からの流れは滝のような落差。この瞬間、ただ団扇が投げ捨てられている光景以上の心象が、ズドンと目の前に立ち上がってきた。「こういう風に、季語を使うのか！」と。

夏井 最初読者は、打ち捨てられているのは、団扇だと思っている。ところが一転、遊女自身も捨てられる存在なのだと気づいた瞬間に、ハッとさせられてしまう。

夏が過ぎれば無用の長物となる団扇。それを商品価値の薄くなってきた遊女と重ねて、さらにまた〈あはれなり〉と最後に畳みかけている。

通常俳句では、〈あはれなり〉と直接的に言わずに、状況描写から「あはれだな」と感じさせるものだから、私はちょっと「子規さん、しつこいゾ」と思っちゃった（笑）。でも、奥田監督は違うのね。〈捨團扇〉と〈あはれなり〉のつながりこそが、重要なんでしょう？

奥田 まず、団扇が放り投げられている光景を写し、次に遊女の顔が映し出される。よく見ると、若さを通り過ぎた疲れ果てた横顔。季節は晩夏を過ぎた、初秋。ハタハタと木の葉がそよめくその光景には、もの悲しい侘しさが漂っている。これから来る冬の厳しい寒さを想像できても、彼女の今後を好転させるものは何一つ伝わってこない。その映像を眺める、観客の心には〈あはれ〉の感情がさざ波のように波打っていく。

夏井　奥田さんにとっては、〈豁然と〉も〈遊女の知らぬさかり〉も、〈あはれなり〉も、あえて言葉にすることで、見る側に訴える視覚的装置となっているわけだ。

奥田　どうしても子規の姿勢は映画監督と重なるんです。僕はこれらの句を読みながら、ほとんど同業者を観察するがごとく、子規の意図を察してしまう。極めて視覚的な文学である俳句に、物語性も強く漂わせるのが子規だなと。俳句を鑑賞する読み手が、一人称、二人称、三人称の視点に次々と移っていけるのも、意図された監督業の技に近いように感じます。

夏井　面白いなあ。同じ句を読み、同じ光景を眺めながらも、奥田さんと私では視点が異なる。奥田さんの俳優・監督としての感性が、俳人としての奥田さんの感性を形づくっているんだろうなあ。

次の牡丹は、先ほどの〈豁然〉の牡丹とは、かなり趣が違ってるよね。

大きさは禿の顔の牡丹哉

奥田　ああ、いいですねぇ。フッと頬が緩んじゃう。

夏井　この二つの牡丹の句を並べた時、私は後者のほうに惹かれるのね。違いは明らかで、前者は情感までも詠みこんでいて、後者は淡々と事実だけを詠んでいる。

禿の顔があって、可愛らしく華やかで、それが牡丹の花の大きさだなあと描いているだけ。そこにメッセージは入れない。ただ写真のように切り取って、読み手にそのままゆだねてしまうわけ。

私が淡々と描写した句に魅力を感じる一方、奥田監督の視点では、前者にこそイマジネーションを掻き立てられている。今回の奥田さんとの対談では、同時に共存する別世界を教えてもらっているなあとつくづく……。

次も写真のように切り取った句だけど、こちらはいかが？

炎天や御歯黒どぶの泡の数

奥田　いやあ、見事だなあ。吐きそうなほどの悪臭が漂ってきそう。

夏井　〈御歯黒どぶ〉は、遊女の逃亡を防ぐために、吉原の三方に巡らした溝のこと。遊女がおはぐろの汁を捨てたとも、おはぐろのようにいつも黒く濁っていたとも言われている。黒々と濁ったどぶは、まさに囲われた遊女の象徴だし、そこにある泡一つ一つが彼女たちを想像させながら、リアルなどぶの泡の映像が描けている。

　また、〈炎天〉の焼け付くような日差しも、息苦しさを増すようで。どぶの描写だけなのに、遊女たちの逃れられない運命までを想像してしまうよね。

奥田　映画でも、細かいディテールから世界観が構築されるんですけど、この句がまさにそうだなと。明るい表舞台だけでなく、暗くジメジメとした路地裏のどぶ臭にまで「吉原」を謳（うた）わせることで、当時の吉原がリアルに感じられる。「明治時代の吉原なら、よーく知ってるよ」とそのうち言っちゃいそうだ、僕。

それにしても、これだけ多様な切り口や角度で詠みこまれた艶俳句を見ると、やはり、それなりの回数訪れていたんじゃないかな。

夏井　とはいえ、子規は二十五年からは、松山から母と妹の律(りつ)さんを呼び寄せて一緒に暮らしているからね。母と妹と暮らしながら、遊郭通いはなかなか難しいのではとも思ってしまう。

ちなみに、虚子が残したエピソードなんだけどね。ある朝子規宅を訪ねてみると、何となく律さんたちが白けているようで不思議に思っていたら、子規の朝帰りのせいで御機嫌が悪かったなんてこともあったらしい。

奥田　女系家族だと、いろいろ気を遣いそうだなあ。僕も多少なりとも、身に覚えがあって。実は僕も、昔は吉原ならぬ銀座の夜を遠巻きに見てきた人間で、ある時までは、どんなに誘われても「銀座なんて悪所、俺は嫌いだよ」とうそぶいて行かなかった。ところが「一度だけ付き合ってくれ」と強く請われ、ある時断り切れずに足を踏み入れたのが運の尽き。見事にハマってしまって。連れて行かれたクラブが、これまた超一流どころだったこともあり、五分で降参状態だった。

そこからはもう定期的に訪れるようになってしまい……。のちのち、妻にさんざん愚痴られちゃった。「高級住宅街の家三軒分は、アナタのおしっこになっちゃったね」と。

夏井　さすが奥田瑛二、スケールがでかいなあ（笑）。

奥田　二十一世紀が銀座なら、百年前は吉原。そこが、男にとっては憧れの地だったのでしょう。新宿でもない、品川でもない、「吉原」であるところに意味があった青年期独特のたぎり。

夏井　ぜひ、そこらへんを詳しくお願いしたい。

奥田　思春期から青年期にかけて、男の脳内では様々な妄想が目まぐるしく駆け巡っているんだけど、性については、信じられないほど純真無垢な部分もあるんです。そんな少年が、いざ女性とリアルなコトに及ぶ。しかもそれを生業にしている女性が相手となれば、十中八九と言ってもいいくらい、実は相当ショックを受けて帰ってくることになる。

夏井　何がショックなの。だって、自ら進んで選択しているんでしょう？

奥田　そうなんだけど、自分の頭でこねくりまわした脳内理想世界が偉大すぎて、現実とすり合わせできないというか。男女の仲はもっとロマンチックであるべきだと信じ込んできたのに、現実には、性のオートメーション化だったりするわけでしょう。

夏井　オートメーション化（笑）。

奥田　子規は母と妹と暮らしてきた生活で、父親は早くに亡くしていて、女性に対する憧れも強かったはず。そこに吉原初体験が訪れた。自分の予想とは全く異なる世界で、「え、何、何？」と、同化できないうちに終わってしまったんだろうと。

それまでの虚勢も失い、呆然として帰ってくる。「もう行かない、俺はもう二度と行かないぞ！」と固く心に誓ったはず。でも、その決意って、きっとその夜だけで終わる。

夏井　あなたの銀座と同じや（笑）。

奥田　ええ、夜が明ける頃には、もう昨夜のあれこれがワーッと押し寄せてきて、それらを確かめるために、もう一度行きたくなっちゃう。

夏井　今度はもう少し記憶に残るような形で行ってみたいと。
奥田　きっとそうだと（笑）。

子規と女性

夏井　ここでちょっと「傾城」を離れて、これまで確認されている子規の市井の女性との関わりを振り返りたいなと。

まずは、子規の人生に登場する女性としてよく知られていて、真っ先に挙げられる「お陸さん」から。お陸さんは、明治二十一年、子規が、第一高等中学校本科に進学して常盤会寄宿舎に入舎する前に、一夏を過ごした桜餅屋の十六歳の娘さん。桜餅屋は、向島の長命寺にあるんだけど、子規は月香楼と呼ばれる桜餅屋の二階に下宿して、腰を落ち着けて創作集を作ろうとしていた。

お陸さんとは、食事の給仕が主な関わりだったんだけど、話しこんで長くなることもあったようで、いつの間にかお陸さんと恋仲であると噂が立ってしまった。この噂に狼狽した子規が、汚名を雪ごうと執筆に力を入れたのが『七草集』だと言われている。
お陸さんとの文通は続いていていて、子規の死後まで手紙を保存していたんだけど、嫁に行く時に焼いてしまったんだとか。

奥田　子規の手元にもいっさいないのですか？　お陸さんとの手紙のやりとりは。

夏井　ええ。そこが残念で……。
子規は記録魔で俳句・短歌・随筆など、あらゆる形式で、自分が経験したことを書き記していたし、当然手紙も多く残っている。だけど恋愛に関するものは、非常に乏しくてね。そもそも子規自身があまり書いていないのか、はたまた書いても捨てられてしまったのか。研究者の中には、妹の律さんが、女性関連のものは処分してしまったという説もあって、その可能性もゼロとは言えない。実際、子規の亡き後に、碧梧桐らがその類の話を口にしたら、律さんは非常に怒ったそうだから。

奥田　事実だとしたら非常に残念だなあ。身内としては分からなくもないですが……。残っていたら、価値ある資料になっていたでしょうに。

子規の淡い恋心の候補としては、他にも何人かいるんですよね。

夏井　ええ、明治二十二年には、「阿清さん」という女性が随想『四日大盡』にも記されている。子規が同窓の大谷是空を訪ねた時に、立ち寄った先のお店の女性なの。垢ぬけて、口達者で、子規の言葉にも当意即妙にレスポンスを返す。子規は随分気に入って、一カ月後に再訪までしているんだけど、残念ながら、彼女には再会できずにジ・エンド。

次は明治二十四年、木曽の茶屋の二十一歳の娘、「松本わくさん」で、こちらも随想の『旅』に記述がある。〈丸顔に眼涼しく色黑き女〉〈心の奥迄しみこんで〉と描写されていて、この時も、彼女に惹かれて延泊まで考えたのに、〈汽車が參りました。お急ぎなされませ〉という声に急かされ、そのまま後ろ髪惹かれながらも別れてしまった、という話。

『病牀六尺』には、明治二十七年頃の忘れられない記憶の記述もあって。〈道楽者〉古洲（一念／古島一雄）と出かけた時に給仕してくれた〈あふるるばかりの愛嬌のある〉

十七、八の女性が小提灯を持って送ってくれたエピソードなんだけど、〈経験多き古洲すらもなほ記憶してをる〉趣深いものとして綴られている。

奥田 どれも一日のはかない思い出なんですね。

夏井 実は、あの有名な、〈柿くへば鐘が鳴るなり法隆寺〉を詠んだ旅でのエピソードもあって。奈良を訪れた時、宿泊先の宿で果物好きな子規が柿を所望したところ、「とよさん」という女性が山盛りの柿を持ってきてくれた。しかも、それを子規の目の前で剝いてくれたんだけど、その情景がとても美しくて、〈柿をむいでいる女のやゝうつむいている顔にほれ〱と見とれてゐた〉そうなの。〈色は雪の如く白くて、目鼻立まで申分〉がなく、梅の精の逸話がある月ケ瀬の出身だと聞いて、その〈梅の精靈でもあるまいか〉と思いついたとのこと。十六、七の年頃の女性だったらしい。

奥田 これも惜しいなあ。やはり、淡い恋心が発展せずに終わったのか。

そんな子規のエピソードが続く中、びっくりしちゃったんですが、いったい何なんですか、この二句は。

流産
水の月物かたまらで流れけり
手のものを取落しけり水の月

夏井　こんな〈流産〉と前書きのついた句があるなんて、私も今回の調査まで全然知らなかったのよ。詠まれたのは、明治三十年だから、脊椎カリエスと診断された後ね。

ボンヤリ流産と題して、誰にもわからないやうにしておいたが、それは自分の切ない情緒の記念であつた。（中略）漱石にだけ秘かに打ち明けて前後處置（ママ）を依頼しておいた其の結果が流産といふことになつた。

これは、碧梧桐が子規の没後に「意外なる秘事」という文章で明かしている内容でね。

晩年の子規が、むくんでパンパンになった足を碧梧桐にさすってもらっている時、ポロリと話し始めたのがこの内容だったらしい。

もう仰天よね。碧梧桐自身も、話が話だけに、興味本位でペラペラ周囲に話せるものでもないと随分悩んだみたい。しかも子規本人にもう一度確認する機会もなく、ほどなくして彼は亡くなってしまう。その後、子規の親友漱石も亡くなり、もはや真実を確認する術（すべ）もない。でもどうにも気になり、子規門下の寒川鼠骨（そこつ）と柴田宵曲（しょうきょく）に調べてもらったところ、〈水の月〉〈流産〉の前書きのある二句が見つかったという経緯らしい。

奥田　〈水の月〉が、流産を指しているんですか。

夏井　いいえ。〈水の月〉は、水面に映る月影のこと。目には見えるけれど、手に取ることができないものも象徴する季語なの。やはり、ずばりこの句の前書きの〈流産〉だよね。

奥田　なるほど。〈水の月物かたまらで流れけり〉は、「何か」が形にならぬ前に、流れ落ちてしまったという句。〈流産〉だと思って読むと、一瞬、呼吸が止まりました。〈手のものを取落しけり水の月〉の方は、より〈流産〉らしいかな。

夏井　これが事実なのかどうか。しかも、漱石に〈依頼しておいた〉と書いているあたりから察するに、市井の女性の可能性が高い。

奥田　遊女の場合は、妊娠が判明した時点で搔爬（そうは）の選択にならざるを得ないだろうし。身請けされたとか、年季が明けて出産できる境遇にあったというなら、話は別ですが。

夏井　ちょっとうがった見方をすれば、子規が女に騙（だま）されたという可能性も、全くゼロではないよね。「私、妊娠したの」と。

いずれにせよ、碧梧桐が子規からその話を聞いたのは亡くなる十日前頃。そして調べてみると明治三十年に、確かに〈流産〉を連想させる二句を詠んでいた事実があった。

奥田　子規が実際に誰かを妊娠させたのかどうか……、真相は藪（やぶ）の中ということですか。

夏井　ただ、この〈流産〉の年、どうやら漱石の奥さんも月違いながら流産していたようなのね。だから、ここでの〈流産〉がどこの誰の話なのか、ますます謎に包まれてくる。

奥田　なかなかミステリアスな話だ。

夏井　碧梧桐は、〈私が死んでしまへば、恐らく闇から闇へ埋没してしまふであらう〉という表現で、回想として書き残しているわけ。

もう一つ、実は、明治三十年に子規の家に来ていた看護婦さんが〈流産〉の当人ではないかという説も、あるにはあるらしい。名前は「加藤はま子さん」。ただ彼女、後日インタビューで、自分が奥さんになり損なったなんて、根も葉もないことだ、と答えているらしくてね。それも笑い飛ばす感じだったらしく、恋愛とは違うのかなと。信頼し合った関係ではあるものの、いわゆる男女の関係ではなさそう。

奥田　ちなみに余談ですが、カトウハマコって、うちのおふくろと同じ名前です。

夏井　思わぬ返しがきたなあ。えっ？　お母さんって、おいくつ……（笑）。

奥田　いやいやいやいや（笑）。

奥田　ほのかな恋心から流産の可能性まで、子規の人生に現れては消えていく女性たちの話を聞くと、成人男子としてのリアルな子規が確かにいたのだと思いますね。艶俳句以外にも、これらの女性たちの面影を俳句に求めていくと、面白くなっていきそうです。

夏井　その艶俳句のピークは明治二十六年で、百三十句を超えていて、二十九年までは年に四十句ほど詠んでいるものの、三十年以降は減っていく。先にふれた〈女郎買をやめて此頃秋の暮〉は、寝たきりになった後の句。

奥田　明治三十三年の句だから、亡くなる二年前。女郎を買いたくても、もはや外出もままならなかった頃。

夏井　子規が亡くなるのは、明治三十五年九月。その年には、こんな句も読んでいる。

傾城を買ひに往く夜や鮟鱇鍋

奥田　この句の最大の疑問は、〈傾城を買ひに往く〉のは誰なのか、ということ。

夏井　私が一瞬思ったのは、「かつて傾城を買いに行っていた自分」だったんだけど、もしかすると〈傾城を買ひに往く〉他の誰かを見送っているのかもしれない。

奥田　その可能性も高いかと。やはりこの句はどこかしら気持ちが弱いから。

夏井　弱いっていうのは？

奥田　どこか他人事で気配が薄いなと。以前の句は、傾城を観察する冷静な視点があって、その場に子規の存在感が濃厚に感じられた。だけどこの句は、友達が「じゃあ、行ってくるよ」というのを見送り、鮟鱇（あんこう）鍋だけが残っているような寂しさが漂っている。なんだよ、俺と鮟鱇鍋だけかよ……という、一人ぽつねんとした孤独感。

夏井　そういえば、子規の随筆にも、そういうくだりがあったなあ。次は、三十四年に新聞『日本』に連載された『墨汁一滴』の三月十五日の記述。少し長いんだけど、寝たきりの子規の心境が、痛いほど感じられてくるんだよね。

散歩の楽（たのしみ）、旅行の楽、能楽演劇を見る楽、寄席に行く楽、見せ物興行物を見る楽、

展覧会を見る楽、花見月見雪見等に行く楽、細君を携へて湯治に行く楽、紅燈緑酒美人の膝を枕にする楽、目黒の茶屋に俳句会を催して栗飯の腹を鼓する楽、道灌山に武蔵野の広きを眺めて崖端の茶店に柿をかじる楽。歩行の自由、坐臥の自由、寐返りの自由、足を伸す自由、人を訪ふ自由、集会に臨む自由、厠に行く自由、書籍を捜索する自由、癇癪の起りし時腹いせに外へ出て行く自由、ヤレ火事ヤレ地震といふ時に早速飛び出す自由。——総ての楽、総ての自由は尽く余の身より奪ひ去られて僅かに残る一つの楽と一つの自由、即ち飲食の楽と執筆の自由なり。

奥田　真に迫ってくるなあ。特に、〈細君を携へて湯治に行く楽、紅燈緑酒美人の膝を枕にする楽〉あたりに、女性と縁遠くなった寂しさが漂っている。

夏井　死の二日前まで掲載された『病牀六尺』の、五月二十六日の記述も印象的。〈ずんずんと変つて行く東京の有様は僅かに新聞で読み、来る人に聞くばかりのことで、何を見たいと思ふても最早我が力に及ばなくなつた。そこで自分の見た事のないもので、ちよつと見たいと思ふ物を挙げ〉ている。

一、活動写真
一、自転車の競争及び曲乗
一、動物園の獅子及び駝鳥(だちょう)
一、浅草水族館
一、浅草花屋敷の狒々(ひひ)及び獺(かわうそ)
一、見附の取除け跡
一、丸の内の楠公(なんこう)の像
一、自働電話及び紅色郵便箱
一、ビヤホール
一、女剣舞及び洋式演劇
一、鰕茶袴(えびちゃばかま)の運動会

など数ふるに暇がない。

奥田 〈鰕茶袴の運動会〉？ 女学校の運動会ってこと⁉ 最後の最後に子規さん、来るねえ。

夏井 他にも、短歌になるんだけど、「歌よみに与ふる書」を連載した明治三十一年には、歌の結びをすべて〈われは〉で止める連作八首を詠んでいてね。これは、自分はこんな人間なんだなあ……と八つの視点から眺めた短歌なんだけど、その中にも〈吉原〉が出てくる。

吉原の太鼓聞こえて更くる夜にひとり俳句を分類すわれは

華やかな遊郭を連想させる太鼓を聞きながら、自分は一人黙々と俳句と格闘している様子が詠まれてて、みごとな寂寥感。今はそうだが、昔は知らない所ではなかった……

という空気感も感じられる。

奥田　物書きならではでしょうか。現実と妄想が混沌（こんとん）としている。妄想とは、言い換えれば「世界観」だから（笑）。妄想が強ければ強いほど、それが本人にとっては「現実」となっていく。

夏井　虚実混在のなせるわざということか。ますますどっちなのか分からなくなってきた気もするけど（笑）。

奥田　だから物書きの友人と飲むのは楽しいんです。僕の知らない「現実」を味わえるから。

夏井　奥田さんが知らない現実ってそんな（笑）。映画監督と物書きとでは違いを感じてるの？

奥田　違いがあるとすれば、映画監督は「より、リアリスト」なこと。独自の世界観は持ちながらも、目に見える現実からどうしても離れられない。というのも、映画監督は役者と観客とをつなぐ橋渡し役だから。映画監督が現実と乖離（かいり）してしまうと、作品が破綻してしまう。

一方、小説の世界は、登場人物の脳内を「私は〜と思った」で描写できてしまう。それが小説の力です。だから、物書きは万能だなと。

夏井 目に見える形にしなくても、脳内で知らない現実を味わわせることができるんだ。

奥田 ちなみに僕の映画は、原作のないオリジナルストーリーで撮っています。

夏井 ぶれないなあ。誰かの世界観の中ではなくて、自分の頭の中を現実の映画にしていく。まさに、奥田さんらしいなあ。

奥田 僕自身、妄想力にかけてはかなり自信があって、現場に行かなくても、妄想だけでいろんな世界に行けてしまう。

思えば、子どもの頃は「オオカミ少年」と呼ばれていました。よく嘘をつくから（笑）。子どもって、つかなくてもいいところでも嘘をついちゃうけど、僕の場合は、それが他の子よりも多かったみたい。

その「虚構の世界に軽々と飛べる」能力が今、功を奏しているなあと。もしも俳優にも監督にもなれていなかったら、単なる「嘘つき」男のままだった。

夏井　嘘つきも才能のうち。今のお仕事は天職なんだね（笑）。

奥田　ある尊敬する大先輩の名優さんも、凄まじい妄想力でした。たまたま酒場で一緒になった際、「奥田、一人か。ならここに座れ」と僕を話し相手にいろんな思い出話をしてくださった。

少年時代のエピソードから始まり、役者になる前のこと、プロになってからのことなど黙って聞き入るしかないようなイイ話だった。それがね、しこたま飲んで酔いが回り切った頃になって、

「あのナ、奥田。俺が今日しゃべったのは、全部ツクリバナシだからな」って。

夏井　ええ〜！

奥田　でしょう（笑）。せっかくいろいろ勉強になったのに、全部嘘だったのかと。「俺はな、昔から大嘘つきだから、本当のことは一割くらいしか話さない。そうしないと俺は生きていけないから」と、その方は堂々と言い放ちました。それがまたカッコよくて

ねえ、「いいな。俺もそうしよう」と思っちゃいました。

夏井 それで見習っちゃったんだ。

奥田 もともとあった天性の嘘をつく才能が、大先輩のおかげで勇気づけられ、嘘や妄想を肯定的に受け止められるようになった。そうなると才能はさらに磨かれて（笑）。まぁ、妻にはちゃんと見破られていて、「この人の言うこと、真顔で聞いちゃだめよ。ほとんど全部嘘だから」って周囲にばらしちゃうんですけどね。

もちろん、悪質な嘘はいけません。周りを不幸にするような嘘はダメ。もっぱら、話を脚色してドンドン風呂敷を広げるような一人芝居。

夏井 そこまでいくと、もはや業だよね。自分の人生すら、脚色せずにはいられないんだ。

奥田 夏井さんも妄想力あるでしょう？

夏井 いえいえ、至極まっとうに生きています。

奥田 本当？ イマジネーションの引き出しがたくさんあるということは、妄想力が十分豊かなはずなんだけどなあ（笑）。

夏井　確かに、俳人の宿命みたいなものとして、イマジネーションの世界に飛ぶことはある。

たとえば、「傾城」でも「遊女」でもいいけれど、未経験な事柄がお題になると、アタマの中だけで詠んでもつまらない句ばかりがダラダラできてしまう。いわゆる観念的な句で、情緒だけで勝負するようなくだらないものばかりになる。

じゃあどうするか。もう、自分が脳内で男になって、吉原に行って歩き出しちゃうの。脳内で「考える」のではなく、別の世界に飛んで「生きる」。そうするとようやく、その世界の細部が見え始めてくる。

奥田　いいなあ、いい！

夏井　吉原には大門があるらしい、どぶもあるらしい、そのどぶには孑孑が湧いているぞ。ああ匂ってきた、なんだこのどぶの臭いは！　というように、嗅覚も触覚も、そして聴覚も視覚も総動員できれば、もうこちらの勝ち。その世界で自由自在に歩き出して、リアリティのある妄想俳句がポコポコ湧いてくる。

奥田　完全に妄想力あるじゃないですか。

夏井　そうね。妄想してたね（笑）。美術館でも同じことをしてるかも。私、美術館に行くのが結構好きで、初めは眺めて歩いてるだけなんだけど、ふとした瞬間に、一枚の絵に引き寄せられることがあって。

なんでこの絵の前で止まったのか、自分でも理由が分からない。だから、「なんで私は、この絵の前で止まったんだろう」としげしげと眺めるの。そのうちに、その絵に描かれている壺なり、女性なり、船なりが、私の中に飛び込んできて「ああ、そうか、私はこれが気になったのか」と分かる。

そうしたらもう腰を据えて眺め続ける。するとある瞬間に、今度は自分が絵の中に入り込んでいる。その景色の中で自由自在、意のままに移動していて、絵の外からは眺められなかった景色を眺め、船に乗り、その世界を堪能しているの。そういう時、ああ、これも俳句になるなあと。

奥田　確信犯的妄想俳人ですね。しかも妄想での体験が、自分の言葉として作品になる。ああ、羨ましい。

夏井　子規もたぶん同じことをしていたんだろうなと。妄想力を駆使して、様々な〈楽〉を経験したり、〈見たいと思ふ物〉を見たり、遊郭を自由に歩いていたんだろうなあ。

表現者の宿命

奥田　ところで、子規の俳句には、一種の「場面転換」が多く見られますよね。たとえばこの句です。

朝顔に吉原の夢はさめにけり

僕はどうしても映像を連想してしまうせいか、次の情景へのチェンジを感じてしまって。俳句がじっとしていないと言うか（笑）。

夏井　確かに映像的なカットの切り換えを感じさせる句だよね。映画なら、朝顔が、吉原と現実をつなぐカットになりそう。

奥田　次の句も同類で、映像が見えてくるんだなあ。

裏町は鶏頭淋し一くるわ

一句一句を意識的に物語のようにつなげていくと、子規の見た光景を再現できるんじゃないかと思いますよ。

夏井　句をつなげて、一つの物語にするとは大胆な発想だ！

奥田　初めて行く遊郭に心躍らせる。その場にも馴染んで知った遊郭の女性たちの歓喜と無常。そして三十代で迎えることになる人生の晩年には、遊女たちの盛衰と自らが重ね合わされていく。

夏井　実際、自分が遊郭にもはや行けないことが分かったうえで、艶俳句を詠む心情とはどういうものなんだろう。脊椎カリエスで、当時治療法もない。腰から下、膿をダラダラ流しながら、痛い、痛い、痛いと絶叫している状況で〈鮟鱇鍋〉と詠んでしまう心境って。

奥田　身体は衰えても、そこは男。表現者としての宿命もある。通常の感覚なら、「俺は行けないのに、あいつは行けるのか……」で終わってしまうけれど、俳人はその心境すらも客観視してしまうんだろうと。正直なところ、僕には子規の心境は分かりませんが、男として、またクリエイターとして共感してしまいます。

　実は以前から、男の歳の取り方について物申したいことがあって。

夏井　あら、背筋がぴんと（笑）。どうぞ、存分にお願いします。

奥田　世間で言う「良い枯れ方」という表現についつい首を傾げてしまうんです。歳を重ねたら、あらゆる欲から解き放たれて品良く老いていくべきだと言われるけど、「枯れ方」に良し悪しなんてありません。

　樹木で言えば、「枯れる時」は「生命が終わる時」。生物として命が終わるのは人も樹も同じ。であるなら人間だって、命が終わる最後の最後まで、その人らしくあればいい。そこには生臭い生き物の臭いがあっていい。みっともなくても、情けなくて、あがきまくっても、それが人生。仮に年老いて体が不自由になっても、今度は妄想で情欲に駆り立てられる。それこそが「今、生きている」という実感につながるのだと。結果的に「美しく枯れた」というのはまた別の話で、「良い枯れ方をしたい」と先に構えるなんて、カッコつけるにもほどがありますよ。

かく言う僕も、若い頃は品良く枯れたいと思ってました。でも、いざ「枯れる」歳になってくると「バカやろう！　枯れてたまるか！」ですよ。

夏井　実感こもってるなあ（笑）。

奥田　ドライフラワーじゃあるまいし、どんなみじめになっても、七転八倒してあがいても、活き活きと生きなきゃダメだろうと。その意味では、子規は見事に生き抜いた男です。

夏井　ドライフラワーか、生涯生花でいるか。自分が自分にくだす、究極の選択だよね。

奥田　生きている間は僕は求め続けたい。女性を、ということではなく、生ある限り、「理想」を求めてあがき続けたいなと。これは仕事でも俳句でも同じ。「理想」ってどれほど望んでも、本来、絶対に手に入らないものだから。

我と我が身を振り返っても、これまでの成果で「百点満点！」と満足できた経験なんてないし、おそらく今後も、生きている間は訪れない。もちろん賞をいただき、褒めていただける瞬間は嬉しい。でも自分の中では、「九十八点くらいはいけたかな」と思えても、残りの二点は絶対に何かが欠落している。もしくは何かが過剰だったりする。それが「チクショー」と叫びたいほど、悔しくてたまらない。

夏井　欠落か、過剰か。またしても名言が出たなあ。

奥田　もしも仕事で満足できちゃったら、その瞬間死ぬしかないでしょう。言い切ってもいいくらい、ほんとうの満足なんて味わえない。それが俳優人生、監督人生だと諦めています。作家や俳句詠みも、同じなんじゃないですか。

夏井　全く同感。子規にとっては、「書き続ける」ことが、「生きるエネルギー」だった。

晩年はもう自由に出歩けないし、病床から眺める景色なんて、すべて見尽くしていたはず。でも、そうなったらなったで、今度は自分が何を食べたかを詳細に書き記し始める。平らげたアンパンの数、果物の個数、味、すべてを文字で書き記して、さらに絵でも描き残している。

奥田　僕らが子規の最期を想像できるのは、彼が、自分の目や耳や舌で味わったすべてを細やかに書き残してくれたから。子規俳句は、彼がどう「生きたか」の証。

夏井　「書くこと」は子規にとっては「生きる」ことそのものだった。もしも表現することをやめていたら、彼の命はもっと早くに尽きていたんだろうなあ。

奥田　子規の生きた証である俳句。第三夜で、夏井さんがどんな俳句を選んでくるのか、とても楽しみです。

〈第三夜〉道後

中村不折が描いた病床の正岡子規。「歳旦帳」（1901年）より。

観察者子規

奥田　子規の句を肴に語ってきたこの対談も、いよいよ最終夜ですねえ。

夏井　まずは、子規の生涯のおさらいからいきますか。

一八六七（慶応三）年　九月十七日（太陽暦十月十四日）
現在の松山市に生まれる。本名は、常規(つねのり)。幼名は、處之助(ところのすけ)、のち升(のぼる)。「のぼさん」と呼ばれる。

一八七二（明治五）年
四歳の頃に、父親が亡くなる。

一八八四（明治十七）年　九月
東京大学予備門（のちの第一高等中学校）に入学。

一八八五（明治十八）年
この頃から俳句を作り始める。

一八八六（明治十九）年
ベースボールに熱中し始める。

一八八八（明治二十一）年　七月
初めての喀血。

一八八九（明治二十二）年
　一月　この年俳句分類作業を開始。
　五月　同級生の夏目漱石と親しくなる。
　　　　喀血が一週間続き、肺結核と診断。「子規」の号を使い始める。

一八九〇（明治二十三）年
　九月　帝国大学文科大学（現・東京大学）に入学。

一八九二（明治二十五）年
　五月　小説家の夢破れる。〈僕ハ小説家トナルヲ欲セズ詩人トナランコトヲ欲ス〉
　十一月　母と妹を東京に呼び寄せ同居。
　十二月　日本新聞社に初出社。

一八九三（明治二十六）年
　三月　帝国大学を退学。

一八九四（明治二十七）年
　二月　新聞「小日本」の編集責任者になるも、七月同紙廃刊。

一八九五（明治二十八）年
　四月　日清戦争従軍記者となり、遼東半島へ着くも戦争終結。

五月　帰国船で喀血。
八月　松山に帰省し五十二日間、漱石と「愚陀仏庵」で暮らす。
十～十二月　「俳諧大要」を連載。〈俳句は文学の一部なり〉

一八九六（明治二十九）年
三月　脊椎カリエスと診断される。

一八九七（明治三十）年
四～十一月　「俳人蕪村」連載。

一八九八（明治三十一）年
二～三月　「歌よみに与ふる書」連載。

一九〇一（明治三十四）年
一～七月　「墨汁一滴」連載。

一九〇二（明治三十五）年
五～九月　「病牀六尺」連載。
九月十九日　死去。三十四歳。

奥田　初期は小説も書いていたのか。俳人たちが残した膨大な句を整理したり、新聞社に勤めたり、従軍記者になりたいと切望したり。一方で、趣味の時間もたくさん持っていた。漱石とは寄席仲間だし、ベースボールにも熱中するし、旅にも出ている。とにかく意欲とバイタリティの塊で、短い生涯を駆け抜けた男だったんですね。

夏井　しかも、後半は病魔を伴う日々。本来、作品は作者の生きざまとは別次元で語られるべきだけど、子規の場合は結核との闘いを無視することはできないよね。

奥田　やりたいことが山ほどあったのに、人生の早い段階で、「あぁ、俺は長く生きられないかも」と気づいちゃった。悔しかっただろうなあ。だからなのかもしれませんね、子規の句を貫く広くてユーモラスな視点に恐れ入っちゃうんです。つくづく、魅力的なクリエイターだなと。

夏井　子規は、三十代半ばで亡くなったけれど、初めて喀血したのは大学入学前の二十一歳の時。翌年、二十二歳ですでに肺結核と診断されてしまった。青春真っ只中で、希望と絶望が同時に訪れたようなものだよね。

二十四歳の時にね、進むべき道に迷っている高浜虚子へ送った手紙があってね。そこには、〈目的物ヲ手ニ入レル為ニ費スベキ最後ノ租税ハ生命ナリ〉と書いてある。子規の一生を知っている私たちには、身につまされちゃうよね。

奥田　〈最後ノ租税ハ生命ナリ〉って……二十代でその境地とは！　何者かになる覚悟で上京したのに、突然ゴールを告げられてしまって。文字通り、生命を削って生きていったんだろうな。

こうやって子規の一生を見ていると、女性との色恋沙汰が、子規の人生に入り込む余地などなかったんじゃないかと思ってしまう。

夏井　第二夜で取り上げた女性たちが、子規の前を通り過ぎて行っただけなのも頷けるよね。

松山から母と妹を上京させ一緒に暮らし始めたのが二十五歳。新聞社で生活費を稼ぎながら、俳句や短歌の革新まで行っていく。そんな子規にとって、恋愛の優先度が下がるのは当然のなりゆきかもね。それに、結核の診断後は「時間はないんだ」という感覚もあっただろうし。

奥田　もともと僕の子規のイメージは、こんな感じの恋愛に疎い男でした。

だからこそ、子規の句の中に、こんなにもたくさん遊里の世界を詠んだものがあるのに驚いちゃったんだよね。少なくとも、色恋の色はあったんだ、と！

でも、女性を性愛の対象として詠んでるわけじゃない。そこがやっぱり彼らしいなと。つまり、遊女たちに過大な幻想を抱いてないのが、子規らしくてまた良かったんだよね。ただただ、遊女の生態を見つめている感じが。

夏井　第二夜でも、奥田さんは艶俳句の等身大の女性の描き方を絶賛してたもんね。

奥田　もちろん、子規の恋愛観は気になります（笑）。でもやっぱり、子規の冷静な観察眼に目が向いちゃうんだよね。最初は「エロ俳句！」なんてウキウキしながら読み始めたけど、読めば読むほど、エロさよりも「地に足の着いた遊女たちの日常」が浮かび上がってきた。気取らず淡々と詠んでるからこそ、名もなき女たちの、飾らない日常が迫ってくる気がした。

そしてまさかの、傾城の〈鼾(いびき)〉まで詠んでしまう(笑)。

傾城の鼾おそろしほとゝきす

朝顔に傾城だちの鼾かな

夏井　完全に傾城の仮面がはがされちゃってるよね。しかも、傾城の鼾に取り合わせる季語の選び方が何とも皮肉がきいているというか……。声の美しさで知られる〈ほとゝきす〉の声に耳を傾けたり、昼にはしぼんでしまう美しい〈朝顔〉を見ながら、いつまで寝てるんだよって(笑)。

奥田　そう、「なんだこいつ、こんなに鼾かきやがって」って。

傾城のお白粉はげて朝桜

出女のあくびして居る日永かな

これなんかも、翌朝の遊郭。夜の灯や酒の勢いも雲散霧消して、しらじら明けてきた翌日の部屋。色艶もへったくれもない、ただただ怠惰な、仕事明けの疲れた女たち。

夏井 今回の対談以前も、子規が傾城を詠んだ句があることは知っていたんだけど、その時は、吉原に行き慣れていない子規が、頑張って傾城の句も詠んでるんだろうな……くらいに思ってたのね。今回、まさかの艶俳句の数を知って、こうやって並べて読んでいくと、やっぱり、新聞記者子規のレポート力を感じてしまった。気取ったり、背伸びせずに、俳句というカメラにそのまま写し取っているなあと。

子規の写生

奥田 そういえば、子規は絵も描いてたよね。『仰臥漫録』のスケッチにも、朝顔の絵や、病室前の糸瓜棚（へちまだな）、食べた菓子パンや、午前中に見た昆虫などいろいろあったよね。

どれも、超絶技巧の技ではないけど、のんびりとした温かなタッチの印象だったなあ。

夏井 洋画家の中村不折(ふせつ)との出会いを機に、絵を描く習慣ができたみたいね。不折が新聞の挿絵画家に採用されて、二人は出会ったのね。そして、不折と絵画について論争していく中で、西洋画の長所である写生に開眼していった。

奥田 それが絵だけでなく、俳句の写生になっていったのか。

夏井 子規は、写生は〈天然を写す〉ものであるから、〈平淡である代りに、さる仕損ひはない〉と言っててね。きっと、絵画の世界の写生という手法を知った瞬間に、「そうか、俺がやりたかったのは、これだ」と、ガシャーンとくっついたんだろうね。対象を観察して、シンプルにありのままに描く写生、これは、俳句で最も強い表現手法になるぞと。

奥田 子規ほどの才能と学があれば、巧みな表現だって追究できたんだろうけど、そうはしなかった。世の中にあるものを見つめ、あるがままに言葉で切り取ることを選ぶあたりに、子規の偉大さを感じるなあ。

そして、美しい「理想の遊女」ではなく、生活感や疲れのにじむ「ありのままの遊女」を写生していく。

傾城の寝顔にあつしほつれ髪

この汗で張り付いたほつれがみの艶っぽさはどう？　生きていくことの切なさがありますよね。哀切さとエロティシズムが同居していて、映画に撮るならどの女優さんに演じてもらおうか、なんてつい考えてしまう。

夏井　そんな奥田監督に質問なんだけど、子規が写生で俳句の世界を大きく転換させたみたいに、映画の世界にも、大きな転換点のようなものはあるの？　革新を起こした人物がいるとか？

奥田　それはもちろん、小津安二郎に黒澤明です！　彼らは、日本映画のみならず、世界の映画史を変えた存在。最近の映画は、和モノ洋モノ問わず、パパパパッと画面が素早く切り替わって、とにかく情報量が多いんだけど、小津映画や黒澤映画は全く違う。たとえば、小津安二郎監督の戦後の作品は、今の映画やドラマとは比較にならないくらい、何も起こらない。ひたすら登場人物である夫婦や親子や友人が淡々と会話して、生活を営む様子が描かれていく。劇的なドラマは何もありません。でも次第に、観ているこちら側に、そのリズムが浸透してくる。そんな小津作品の佇まいは、後世の映画監督たちに多大な影響を与えました。

小津にしろ、黒澤にしろ、彼らの何がすごかったか。それは徹底したリアリズム。「自分の目から見える世界を、自分が見るように描きたい」という、自分の美意識や信念に従った監督で、美術や俳優への要求も異常なほど多かった。「心のリアリズム」を最重視していたと言えばいいかな。

夏井　なるほど。そうやってすべてが映し出されていくわけだ。

奥田　写生は、最初こそ「あるがままに写す」修練が必要だけど、その先はやはり自分の美意識や感性が関わってくる。仮に、小津安二郎と黒澤明が全く同じ対象を撮っても、二人の人生観や審美眼、信念は異なるから、写生された作品は全く違ったものになっていく。最終的には、「自分はなぜ、これを描きたかったのか」というイデオロギーの問題になっちゃうんだよね。

絵画だって同じ。「写生」とひと口で言っても、様々な写生がある。アングルの決め方や画材の違い、ペンシルで描くのか、水彩、油彩で描くのか、それとも墨で描くのかなどで作品の趣は変わってくる。

夏井　俳句もそうだなあ。同じ風景を眺めて同じ季語を使っても、生まれてくる句は、その人それぞれの個性が必ず反映される。極めてナマモノ！　しかも、作り手ばかりでなく、読み手である読者の心も反映されていく。鏡のようにね。

奥田　思えば俳句は、流れ移ろう心を切り取って十七音にのせる、「魂の写生」なのかもしれない。

夏井　それにしても、奥田さんの選んだ句が、私の選ぶ句と全然重ならないのが面白いよね。私は、一句一句独立させて読んで選ぶんだけど、これはやっぱり、映画監督的な視点なのかな。奥田さんの解釈を聞いてると、ドラマの中の一シーンを語っているみたい。

奥田　それは、自分で詠む時も、他人の句を読む時も、必ず映像が頭に流れているからでしょう。まずは引きの画面でスタートしてから一気にズームで……といった具合に。

夏井　子規の句も、映画のシーンを撮るようなイメージで読んでるんだ。

奥田　十メートルのレールを引いてキャメラを据えて、ここからゆっくりと近づいて、こういう角度で顔のズームアップにして……と、脳内でずっと妄想しているかも。

夏井　次の句も、絶対妄想してたでしょう（笑）。

青梅や傾城老いて洗ひもの

奥田　これは、かなり凄みがある句だよね（笑）。経験値が豊富で、客受けをしていた傾城が、おばあさんになってしまった。〈洗ひもの〉は、梅干を作るために、青梅を並べて天日干しする作業の一つでしょう。

夏井　この句の季語〈青梅〉は、まだ熟す前の梅の実。そんな初々しい季語から始まって、次の瞬間〈傾城老いて〉とくるこの落差にびっくりしちゃうよね。しかも、〈洗ひもの〉をしているという生々しさ。ちなみに、奥田さんの妄想では、どんなキャスティングのイメージなの？

奥田　難しいのは、ただ〈老いて〉ではないということ。〈青梅〉とのギャップが真髄の句ですからね。でも、遊郭に送り込まれた女たちをきつく仕込む遣り手婆という感じではない。若く美しかった頃を漂わせる〈老いて〉を演じられる女優さん。単に寂れているだけではなくて、艶のあるもの哀しさを演じられる女優さんがいいな。今の六十代はまだまだ若いから、七十代くらいの過去を感じさせる味のある女優さんだな。

夏井　妄想が膨らんでるね（笑）。

そんな妄想癖の奥田さんが、菫のみにフォーカスした〈花すみれ〉の句を選んでいるのが意外だったんだけど。もしかすると、奥田さんはこの句にもドラマを見ていたりしてるの？

世の人にふまれなからや花すみれ

奥田　菫は僕も大好きな花なんだけど、可憐さと、どこでも育っていく強さを持っているよね。〈世の人にふまれなから〉にはね、苦界で踏まれ続けながらも生きている遊女たちの姿が重ねられているんだろうなと！　菫も遊女たちも、どんな場所でも生きていかねばならない……、悲しいよねえ。

夏井　えっ、まさか……、この菫は虐げられながら生きていく遊女だったんだ！　もう、この際どんどん、奥田監督的ストーリーを披露していっちゃってよ（笑）。

奥田　いやあね、今回選句していきながら、僕はつくづく蛍が好きなんだなあ、と改めて思いましたよ。

傾城の団扇に這はす蛍哉

辻君のたもとに秋の蛍かな

蛍って、死者が蛍に変身したとか、思いを託したものだとか言うしね。蛍の句を読んでいると、以前、黒川温泉の野外の檜(ひのき)風呂に一人で入っている時に、いつの間にか肩に蛍が止まっていたことまで思い出しちゃって……。

夏井 それで妄想が膨らんだんだ（笑）。

奥田 〈団扇に這はす〉の方は、扇いでいたのをふっと止めると、そこに蛍が止まって、這わせてやったんだろうなと。〈這はす〉だから、動かしちゃいけないの。蛍と見つめ合いながら、この傾城は何を感じていたのか……なんてね。美しくて、絵になるよなあ。

もしかすると、窓を開けて、浴衣で腰かけて外の蛍を眺めながら、ここに止まれと念じていたのかもしれない。どこからきたの？　あなたはわたしなの？　と問うているのかもしれない。

夏井　奥田ワールド！　遊女の儚さを感じさせる解釈だなあ。もう一方は、〈傾城〉でなくて〈辻君〉の句。辻君は、夜間に道ばたに立つ遊女・夜鷹のことだから、傾城って言う以上に、切実さというか、哀れさが際立ってくる気がしたんだけど。

奥田　お女郎さんが、お客を招こうとする袂(たもと)に蛍が止まっている。しかもそれは〈秋の蛍〉。この蛍は、苦界に売られて、春をひさぎながら生きてきて、精も根も尽き果てて、いつ死ぬとも分からない辻君そのものですよね。もしかすると、幻の蛍かもしれないし、何かと見まがったのかもしれないけど、その不確かさも含めて、美しい句ですねえ。

夏井　ただでさえ幻想的な趣を持つ蛍だから、それが〈秋の蛍〉になると、さらに弱弱しさや侘しさが増してくる。それが、さらなる奥田ワールドを誘発しちゃったわけだ（笑）。

奥田　秋といえば、次の句は、僕まで感傷的になっちゃって。

行く秋の月夜を雨にしてしまひ

初めは、これで秋の月も見納めと思っていたのに、雨になって見られずに秋が行ってしまうよ、という句だと思っていたんだけどね。

いや、ちょっと待てよ、と。〈雨にしてしまひ〉というのが、どうもクセ者だなと。これは本物の〈雨〉じゃないんじゃないかと思ってね。

夏井　えっ？　一年で最も美しく見える秋の月。その最後の見納めの月を、雨のせいで見られずに秋が去っていく、という句じゃないの？　本物の雨じゃないってどういうこと？

奥田　たとえば、切ない思いを抱えてわが身を振り返っていたりすると、しんみりとしてぽつりと涙が流れる、なんてことありません？　この句の雨は、秋の終わりに感傷的になっている女性の切ない涙なんじゃないかと。この女性は、月夜を泣いて過ごしてしまって、せっかくの月を見ることなく秋が去っていく。私の涙が月夜を雨にしてしまったよ、と。もしかすると、この涙は、望まない境遇に置かれた遊女の涙かもしれない。

夏井　見事、遊女に着地したね（笑）。

いやあ、〈してしまひ〉という言い回しに拘ると、そんな解釈が生まれるんだ⁉　奥田監督解釈、面白すぎるなあ！　それにしても、ここまで遊女のストーリーが立ち上がってくるとは、驚きを超えて、感動すら覚えるなあ。

時空間と感覚

奥田　夏井さんは、一句一句独立させて読むって話でしたが、どんな感じなの？

夏井　奥田さんの映画の一シーン的解釈を聞いてて思ったのは、私の感覚は、一句独立の「写真＋α（アルファ）」の感覚に近いなあと。

奥田　写真＋α……？

夏井　ストーリーで捉えるんじゃなくて、ほんの短い時間を写真的に真空パックにしたようなイメージかな。でも、その写真はちょっぴり動くから「＋α」。多少の空間的広がりや時間的な幅がある「俳句的な写真」。たとえば次の句。

馬追の長き髭ふるランプ哉

奥田　これは〈馬追〉の触角を〈髭〉と見立てているんですよね？　ランプに寄ってきた馬追が長い触角をふっている。それを映し出すランプだなあ、という句。

夏井　そう、〈髭〉は触角の見立てだね。馬追の触角のかすかな揺れと共に、ランプでできたその影の揺れまでが見えてくるよね。もちろん、そこにはランプの火影も揺れていて。ランプのオイルの匂いもしてくる。そんな空間と時間をパッキングした「写真＋α」。

奥田　なるほど。空間的広がりや時間的幅のパッキングなら、次の句もそうですか？

夏嵐机上の白紙飛び尽す

一瞬の風にあおられて、〈飛び尽す〉〈机上の白紙〉には爽快感すら感じられる。

夏井　〈夏嵐〉は青葉や青草を吹き渡っていく強い夏の風のこと。この句には、たくさんの白紙が、すべて吹き飛ばされていく鮮やかな映像と共に、驚きと解放感までもがパッキングされてるよね。

この「写真＋α」、どう言えばダイレクトに伝わるかな……。あ、『ハリー・ポッター』だ。奥田さん、あのシリーズ本、読んだことある？

奥田　映画は観たけど、本は読んでないなあ。

夏井　ああ、映画の方が分かりやすいかも。ハリーたちが最初にホグワーツの魔法魔術学校を訪れるシーンを覚えてる？　階段がぐるりと回る空間に、たくさんかかってた肖像画。

奥田　ええ、分かります。

夏井　あの肖像画たち、絵のくせに、通り過ぎる人に笑ったり、それぞれ動いてたよね？　あんな感覚に近い。

奥田　ああ、なるほど！

夏井　『ハリー・ポッター』的絵画は、長い時間にわたるドラマはなくて、あくまで静止画がちょっぴり動くだけでしょ。これが、私の感じている俳句的な時間のイメージ。

奥田　へえ。夏井さんはそういう風に俳句を見てるんだ！　ほんとに、僕の長い間尺のストーリーが浮かぶのと対照的だなあ。ちなみに僕のは、十七音の中に渦巻くストーリーだけじゃなくて、服装は？　とか、どんな帽子？　なんてディテールまで想像して、さらにどんどん広げていく感じ。

夏井　もはや特殊能力だね（笑）。だから脚本が書けるんだね。

奥田　妄想力と言ってほしいな（笑）。

夏井　奥田さんの妄想力とはちょっと違うけど、私も皮膚感覚など五感を刺激される句には、想像力を掻き立てられて、ゾクッとしちゃう。

片側は海はつとして寒さ哉

この句は、〈はつとして〉が率直に届いてきた。ああ、似たような体験したことあるなあって。

奥田　子規は徒歩だったのかもしれないけど、今なら自転車や車かな？　何気なく道をぐんぐん進んでいて、途端に視界が開けて、うわ、片側は海だ、とハッとした。

夏井　思いがけず〈海〉の間近に出た驚きとヒヤリとした感覚。季語〈寒さ〉がその感覚を倍増させてるよね。海から吹き付ける潮まじりの風も、肌に突き刺さってきて、さらに寒い。

奥田　ゾクッとか、ヒヤリという意味では、次の句は肝を冷やされたなあ。

凩や燃えてころがる鉋屑

きっと、明治の富国強兵時代を象徴するような建設現場なんだろうなと。そんな場所に、厳禁であるはずの火がついた〈鉋屑〉が〈凩〉に吹かれている。燃えちゃうよ～！

夏井　凩で転がる火、という状況が不安感をあおってくるよね。これはきっと、労働現場の焚火の火が〈鉋屑〉についたんじゃないかなと。とにかく、〈燃えてころがる〉に臨場感があるから、火のついた鉋屑が凩に吹かれて転がっていく様子を目で追っているような感覚になるよね。焚火の背後の、働く大工たちの姿も見えてくるようだし、削られる木の香りも立ち上がってきた。

奥田　子規の感覚が俳句にパッキングされているから、百年後の僕らがまた同じ感覚を共有できるんですね。

夏井　日常生活では、その瞬間はハッとしたり、ギョッとしたりしても、少し経てばきれいさっぱり忘れてしまうことばかり。さっきの〈片側は海〉の刹那的な危うさにしても、のど元過ぎれば忘れてしまう一瞬の出来事なんだよね。俳句には、そんな三十分も経ったら忘れてしまうような瞬間の感覚が凝縮されている。だからこそ、こうやって追体験ができる。

奥田　次の句は、まさに「詩」といえる十七音の世界で、この感覚にはひたすら共鳴しちゃった。

眞夜中や蚯蚓の聲の風になる

夏井　季語は「蚯蚓（みみず）鳴く」だね。実際には蚯蚓は鳴かないんだけど、空想を刺激する季語だから、俳人好みでよく詠まれてる。元はどうやら、螻蛄（けら）の鳴き声を混同して生まれた季語らしいんだけれどね。

奥田　鳴けない蚯蚓の鳴き声さえも聞こえてきそうな、しーんと静まった真夜中。病に伏せっているのかな。病状が思わしくない時に、〈蚯蚓の聲（こえ）〉が風になっていくと感じてしまった。これは、無になっていくということなのか、それとも、自分が風のように飛んでいきたいという心境なのか。この句はどうしても、病床の子規の姿が目に浮かんでしまって。

夏井　季語が、本来は鳴かない〈蚯蚓の聲〉という虚の世界だからかな。より読者が感覚的になっちゃう感じがするよね。作者である子規の感覚に寄り添っていくというか。

奥田　写生一辺倒じゃない子規。こんな虚の季語の詩的な世界もいいですねえ。

生きている季語

夏井　季語といえば、奥田さんとぜひ語りたい句があってね。実はこの句、「子規の句で一つ」と言われたら、まずこれを選ぶくらい好きな句なんだけど。

六月を奇麗な風の吹くことよ

奥田　この句、いいですよ。僕も好きだった。

夏井　現代は、〈六月〉っていうと、梅雨をイメージするでしょ。ジメジメと湿気るばかりでうんざりした気分。でも、旧暦の六月ならば、まさに「水無月」の七月になるのね。梅雨が終わって、晴れて爽やかな風が吹く頃になる。梅雨明けの爽快感を思うと、子規が広がりを感じさせる助詞〈を〉を使いたかった気持ちに共感しません？

奥田 〈を〉で、六月という月を通してというイメージが加わってるかな。吹いている風も一瞬の風じゃなくて、吹いてほしい時に吹いてくれてる感じさえする。〈奇麗〉からは、夏の光も見えてくるし。

夏井 ちなみに、子規にとって五月は、〈五月はいやな月なり〉と言うくらい体調を崩してしまう月だったみたい。友人にも〈五月といふ月は君が病気のため厄月ではないか〉と言われててね。子規にとっての五月のしんどさを知ってる読者だったら、五月を乗り切って、六月の爽やかさが染み渡ったんだろう、と読みたくなるよね。

実際にこの句は、日清戦争への従軍の帰途に大喀血して、入院していた神戸病院から須磨保養院に移って詠まれた句なのね。病状も落ちついてきた子規は、感じるままに〈奇麗な風〉と詠んだんだろうね。

奥田　なるほど、しんどい体調の時期を乗り越えた後の〈六月〉だったんだ。最近なら、六月は「ジューン・ブライド」。結婚月のイメージもありますが。

夏井　そうなの。若い世代の人たちにとって六月は、新しい門出を迎える幸せな結婚の月。この句から、ガーデンウェディングを思い浮かべる人もいるはず。幸せそうな新郎新婦や、華やかに装った人々。その中を吹き抜ける風の爽やかさや美しさといったらないよね。まさに〈奇麗〉がぴったり！

　この句の〈六月〉は、明治、昭和、平成&令和と、時代によっていろんな解釈が生まれてくるのよね。面白いと思わない？

奥田　季語はまさに生きているんですよ。数十年、百年、二百年と時を経て世界や社会が変わっていくうちに、季語に包含されるものも変化していって、時代を超えていく。

夏井　痩(や)せたり、絶滅してしまう季語もあるけど、豊かに進化していくものもある。

ふきもせぬ風に落ちけり蝉のから

この奥田選は、〈蝉のから〉という季語のみに焦点があてられた句だよね。どんな奥田監督的解釈になるのか興味津々。

奥田 この句には、生きとし生けるものすべてにある時空というか、無常観というか、そんなものを感じてしまったんです。

蝉については、諸説あるみたいだけど、古くから言われてるのは、幼虫として土の中で数年を過ごすけど、地上に出てきても生きられるのは七日間で。オスはすごいエネルギーで鳴きながら、伴侶を見つけ、結ばれ、子を授かり、メスが産み落とし、命果てるというね。その切なさが根底にあって、そこに一種のロマンチシズムを感じてしまった。

夏井 空蝉(うつせみ)を落とすのが〈ふきもせぬ風〉というところにも詩があるよね。吹いていると感じなくても、空蝉を落とす風が確かにそこにある、というのが、何とも詩的な把握だなあと。

奥田 背中から生まれ出て、半透明のきれいな茶色の抜け殻だけが、空(から)になって枝に張り付いている。でもそれが、風もないのに落ちてしまった。そこに、短い一生を生きる蟬の無常の美学があるんですよね。

自分と見比べてどうこうではなくて、ただそこにある無常だなと。自分と見比べてしまうのは、人間の傲慢(ごうまん)だからね。

夏井　今の奥田さんの言葉には、季語とか、自然へのリスペクトがあるなあと。人間の限界を超えたものへの敬意というようなものが。

奥田　僕は、「俳句は十七音で表す宇宙」だと思っていて。大空を仰ぐのも自分、月や星を眺めて物思うのも自分、大地に横たわり思考をめぐらすのも自分でしょ。そして、この自分と対話するのが大自然であり、季語。つまり俳句は、自分と自分以外の季語が対話する宇宙だな、と。

これまで、師匠もいなくて我流で三十年も続いているのは、この対話がマイペースでできるから、なんですよね。うまく詠みたいとか、周りから評価されたいとか、そういうんじゃない。俳句という表現の中で、自分の感覚を外界とつなげられるのが快感なんだよなあ。このライフワークは、死ぬまで続くでしょう。

夏井　奥田さんにとっての俳句は、季語と自分とが対話する十七音の宇宙なんだね。

子規の宇宙

奥田　実は今回、子規の宇宙に触れられたな、と思えた句がいくつかあって。

蝿を打つ人の心の細さかな

ツク、、ボーシツク、、ボーシバカリナリ

〈蝿を打つ〉の句は、最初一瞬、蝿が心細いのだと思って読んでいたんだけど、でも違う。心細いのは、蝿を打っている人間の方だぞと。それに気づいた瞬間、「いいなあ」と思ってしまった。子規の生きた時代なんて、それこそ蝿だらけ、虫だらけ。それを箇単につぶしたり踏みつけたりは当たり前だったはず。でも、子規はそういう男じゃなかったんだ、とハッとさせられた。

夏井　蠅という小さな命を、自分の手で終わらせてしまうことに感じる心細さだろうね。自分の命の限りが見えている子規だからこそ、蠅を打てない、殺せない自分に気づいてしまった。

そして、そんな命あるものの、命の限りただただ鳴き続ける音だけを詠んだのが次の句。

奥田　実は、〈ツク、、ボーシ〉の句は、トップに選ぼうかとも考えてたのに、そのうちに「カッコよすぎる」気がしてきてはずしちゃったんです。僕は、等身大の子規に惚れてるから、格好よすぎる句は入れられないぞと。

夏井　〈ツク、、ボーシ〉は、その音から痛みまで感じられてくるような句。悲壮感さえ漂っていて、読む側のこちらの心もキリリと痛んでくるよね。この句を詠んだまさに一年後の〈ツク、、ボーシ〉の頃、子規はその生涯を閉じるわけだけど。

奥田　子規の人生にまで思いを馳せると、どうしてもある問いが浮かんできて。それは、子規はどの時点で「死生観」を獲得したんだろう、という疑問なんです。生に対して前向きな野心に燃えていた若かりし頃から、「ああ、もはや自分の人生は短い」と悟るに至った分岐点。それは、いったいどこにあったのかなと。

消エントシテトモシ火青シキリヾ、ス

この句は、〈トモシ火〉も〈キリヾ、ス〉の命も、そして子規の命まで消えてしまいそうです。

夏井　これも亡くなる一年前の句。〈ツク、、ボーシ〉同様のカタカナ表記も痛々しくて、読者は、消えそうな火に、どうしても子規の命を重ねちゃうよね。

奥田　これね、実は僕、ドラマで全く同じ状況を演じたことがあって。医者の役で、心臓から手を離したら、そこが患者の死亡時間だというシチュエーションで、右手の親指

と四本指で手がつるくらい何時間も心臓マッサージをしていてね。患者の少女の枕元に虫かごがあって、キリギリスが一匹入っているんだけど、いよいよ窮地に追い込まれた時に医者は、キリギリスが鳴いたらこの手を放そうと決めるの。そしたら明け方、キリギリスが鳴いて、医者は泣きながら手を放すという話なんだけど……。

夏井　またしても、俳句に奥田さんの体験が乗っかった！　それにしても、こんなに同じシチュエーションがあることに驚くなあ。

奥田　この句のキリギリスは、虫かごにいるのか、庭にいるのか。ともかく、「じーーーーーーっちょん」って鳴き声がさようならの時というね。人の寿命をよく蠟燭になぞらえるけど、やっぱりこの〈トモシ火〉は子規の命なんだろうなあと。病床にあって、間もなく消えてしまうだろう自分の命を詠まずにはいられなかった。

夏井　病床といえば、次の句は、まさに子規の部屋の中が見えてくるよね。

筆モ墨モ溲瓶モ内ニ秋ノ蚊帳

奥田　これはもう、子規のその時の状況そのままに違いない。カリエスになって、腰までも痛めて、筆の墨も溲瓶も必要なものすべてを、手の届くところに置いていたんだろうなあ。病気を受け止めて、闘いながら生きていこうとする子規の心境。それが、前向きに詠まれています。すべてを俳句にするんだ、という子規の創作意欲が感じられてくる。その一方で、動くことのできない自分自身へのアンチテーゼにも読めそうなのも、また切ないなと。

夏井　次も、子規の病床にある文机の景だけど、こちらは、〈硯の箱〉と、硯の縁を歩いている〈冬の蠅〉のみが詠まれた句。

日のあたる硯の箱や冬の蠅

奥田　この句いいよね。忌み嫌う夏の蠅ではなくて〈冬の蠅〉。だからこそ、パッパと追い払わずに、生き残ってるその哀れな姿に注目してしまう。〈日のあたる硯の箱〉だから、もしかすると墨も乾いているのかもしれない。何ともいえない、映像的情緒がありますねえ。日常的に孤独感を持ってる人じゃないと、思いつかない句です。

夏井　冬の日ざしに、墨は粘りを増していって、さらに匂いが濃くなっていくんだろうね。

随分前のことなんだけど、東京根岸の「子規庵」がまだ整備される前に訪れたことがあってね。この句の墨の匂いを想像してたら、その時の記憶が蘇ってきたのね。当時は、畳も腐りかけてて、かろうじて残っているような状態だったんだけど、恐る恐る入った子規の病室から、ガラス戸越しに糸瓜棚が見えたのに、いたく感動したんだったよなと。

奥田　子規が最期に詠んだ、糸瓜三句のあの糸瓜棚？

夏井　それだけでもう、胸いっぱいになって、満足して松山に帰ったなと。その後、綺麗に整備された子規庵も再訪したけど、あの畳がボコボコの状態の子規庵を超える感動はなかったなあ。

奥田　羨ましい！　過去の匂いが蓄積された空気を吸えたんだ。

僕は、子規が最後に暮らした住居の東西南北が気になっています。句を読めば、だいたいの時間帯が分かるから。住居の間取りで、時間による光の加減なども分かるんじゃないかと。

夏井　間取りというのも、奥田監督らしい面白いアプローチだなあ。確かに、間取りが分かって、詠まれた時間情報が加われば、詠み手の現場が体感できるかもね。百年以上前の子規の感覚に近いものが再現できそう。

奥田　字面だけで分かった気になるんじゃなくて、実際にその土地や季節、時間帯に身を置いて初めて味わえる感覚ってあるよね。匂いや肌触りといった感覚が、まさにそう。

夏井　大いに賛同したい！　私、俳人には「匂いを感じる力」が必要だと思っていて。現代は、どこも清潔に保たれてて、人為的な香りは感じられるけど、それ以外の匂いや臭いになかなか出会えなくなってきてるでしょ。俳人としては、自然の草いきれだったり、ほこりやカビの臭いだったり、それこそ体臭や熱気だったりをキャッチすべきだし、それらを感知できる句を詠んでいきたいなあと。

奥田　分かるなあ。見目麗しい俳優さんならいくらでもいるけれど、もうそこにいるだけで、いかにも汗臭い佇まいを発散できる俳優さんが少なくなっているのと同じだ。

夏井　つながったね（笑）。

では、いよいよ、最後の句になっちゃったけど、いきますか。

生きてをらんならんといふもあつい事

伊予弁で詠まれているのが、よりリアルさを増しているよね。「生きていないといけないというのは、あつい事だ」という意味だけど。

奥田　これは、身につまされますね。生きているといろんなことがあって、まさに、生き続けることを、なんと暑いことだ、もうやっていけない、なんて思ってしまうことがままある。でも、その一方でまた、生きてるってそれほど悪くないよな、と思ったりもする。表面では〈あつい〉と言ってるんだけど、その裏で、頑張って生きよう、というような気概を感じさせる句でもある。

夏井　生きていなくちゃならない、と言いながらも、生かされていることに対しての肯定感が感じられるよね。夏の暑さって、確かに耐えがたく、病気の身ではなおさらだろうし、決して心地の良いものではないんだけど、秋の実りをもたらすために必要な暑さでもある。この〈あつい事〉には、諦念だけでない、子規の自嘲があるんだろうなあ。

やっぱり、ここで自嘲できる子規の明るさに感嘆するよね。病床にあって、偉大な仕事を成しえたのも、この子規の明るさがあったからなんだろうなと。

奥田　子規は、〈あつい事〉と言いながら、俳句や短歌の革新に、命懸けで向かっていたんだろうなあ。

「よもだ」対談

夏井　今回の奥田さんとの対談前の宿題は、子規の句を読んで、純粋に好きだと思う推し十句（七句＋艶俳句三句・168ページ参照）を選んでくることだったでしょ。十句に絞るまでの宿題がなかなか大変だったから、いざ始まってみての対談の自由さと気軽さに、この宿題とのギャップはなんなんだ、と（笑）。奥田さんは、率直にどうだった？

奥田　まず宿題は、僕は、久々に酒を断ち、自室に引き籠もって、一昼夜かけてじっくり読み込んだんだけどね。読み始めると、一気に引き込まれちゃった自分がいてね。久しぶりにワクワクしながら正面から俳句に向き合ってて、我ながら驚いちゃった。

夏井　そのワクワク分かるなあ。私はお酒片手だったけど（笑）。

奥田　難しくて読めない漢字なんかも出てくるから、辞書と首っ引きで格闘しましてね。深夜の一時二時に、「この単語調べるのに、十分もかかっちゃったよ……」なんてぼやきながら、いそいそと大学ノートに書きつけていって。チマチマと鉛筆で埋めていく作業も楽しかったなあ。

夏井　大学ノートに鉛筆⁉

奥田　そう！　辞書を引くだけでは、すぐに頭から消えちゃう。鉛筆で書きつけるのがミソです。

夏井　私は「この単語、もう何回目……」「私はバカか……」と、何度も同じことを繰り返すタイプだった（笑）。

奥田　これまで自由気ままに俳句をやってきたけど、今回は、「原点回帰」とでも言うのかな。声に出して、耳で聞いて、自分の手でノートに書きつけていこうと。基礎から取り組めることが、無性に楽しかった。七十歳を過ぎても、「学び」が喜びになるんだと実感しましたよ。対象に没頭できた真の学びで、百点満点を超えた次元を目指してるような楽しい時間でした。

夏井　そうやってお互いに、準備万端に迎えた対談だったんだけど。初っ端からいきなり、奥田さんの艶俳句へのすさまじい熱量を浴びることになったよね（笑）。しかも、傾城を詠む子規と、奥田監督との嗜好の共通点を語り始めるんだから、もうその話から始めるしかないよなと。宿題の段階では、まさか、子規と傾城の話から始まるなんて、思ってもなかった。

奥田　とにかく、子規が、こんなにもたくさんの傾城に関する俳句を詠んでいた事実に驚かされて！　しかもそれらは、映画監督としての僕が、エンターテインメントを仕上げていく感覚そのものでね。社会への迎合と反抗のバランスを取りながら、自分の美意識を完成させていく子規。これはもう、夏井さんと絶対語り合いたいと。

夏井　奥田さん、語り始めてすぐに「子規の艶俳句」って命名してたもんね（笑）。いやね。今、奥田さんから迎合と反抗との話が出て思ったんだけど、今回の対談は、つくづく子規の気質を表す方言「よもだ」そのものの対談だったなと（笑）。

奥田　「よもだ」？　それは、松山の方言なの？

夏井　日常的には「もう、よもだぎり言いよるんじゃから～（もう、とぼけたことばかり言うんだから～）」という感じで使われる方言なんだけどね。「ふざけている」とか「いいかげん」というイメージを持ちつつ、その奥に「しょうがないねえ」というニュアンスも併せ持ってる方言なの。

そして、この「よもだ」は、松山のキャッチフレーズ「いい、加減。まつやま」にもつながるものだと松山の野志市長も語っててね。

奥田　子規の気質を表したり、松山のキャッチフレーズにつながる「よもだ」ですか！ますます気になるなあ。

夏井　松山市立子規記念博物館の名誉館長だったコラムニストの天野祐吉さんが亡くなって、松山市栄誉賞が贈られる時に、野志市長が話されていたエピソードなんだけどね。市のキャッチフレーズを決める際に、天野さんが「松山には『よもだ』の精神があるんだから、生かしていかないといけないんじゃないでしょうかね」と話して、候補の一つだった「いい、加減。まつやま」を推されたそうなのね。

天野さんは、講演などでも常々、「よもだ」は、肩ひじ張らず、全身の力を抜いて力まず、ユーモアを持って生きる精神だ、と語られていたのね。この意味では、まさに「良い、加減」のニュアンス。

そして天野さんは、この「よもだ」の「反骨の精神をおとぼけのオブラートでつつんだような気質」こそが、まさに子規の気質だとされていたの。そう言われてみると、確かに、子規が月並みに陥った俳句に異を唱えて、革新しようとしたのだって、短歌の革新や写生文だって、どれも彼の反骨精神が形になったものだよなと。

奥田　反骨の精神をおとぼけのオブラートでつつむ「よもだ」！　「よもだ俳人子規」か。いいね。そもそも、「俳句」の「俳」も、「おどけ」とか「たわむれ」の意味だしね。

夏井　まあ、今回の対談の、方向も定まらずにあっちに行ったり、こっち行ったりしながら、好き勝手に話してたのは、いいかげんな方の「よもだ」の要素も否定できないけどね（笑）。

少なくとも、このよもだ対談のお陰で、子規がこんなにもたくさんの艶俳句を詠んでいたことを知ったし、これまで私が全く注目してこなかった分野の、子規の人生を横切った市井の女性の話ができたのは間違いない。

もしかすると、「子規の艶」なんてタイトル見た方は、どんな「よもだ」話が始まるの？　って思ったかもしれないしね。ともかく、巻末資料「子規の艶俳句」一覧は、奥田さんの熱量がなかったら、決して生まれなかった！（笑）。

奥田　子規の作品を通して、子規という俳人の魂の声が聞こえてきましたよ。夏井さんと東京でも語り合ったし、松山でも対談ができた。上人坂を歩いて伊月庵も訪ねられたし、子規が〈色里や十歩はなれて秋の風〉を詠んだ宝厳寺の山門で、道後の風にも吹かれた。つくづく、東京と松山、この二つの土地が正岡子規を生んだんだと思います。

夏井　今回、私が何より新鮮だったのが、映画監督である奥田さんならではの俳句へのアプローチ方法だったのね。一句をドラマチックなストーリーにするだけでなく、一つ一つの句のストーリーがどんどんつながっていくなんてのは、私には全くない読み解き方だった。奥田さん、最後には、艶俳句以外の句を解釈しても、遊女の句になってたよね（笑）。もう、奥田さんの中には一人の主人公のイメージができてるんだろうなと。

奥田さん！　今回の子規俳句は映画になるんだよね？　奥田監督はきっと映画にしてくれると信じてるからね。絶対に撮ってよ！

奥田　夏井さんと約束するのは怖いなあ（笑）。

映画はともかく、子規の俳句には、彼の生きざまが表れてたよね。限りある命の中で詠まれていく、子規の魂の声。そこには、この世を眺める温かな眼差しもあって。もちろん、健康面や経済面で、思うような人生を生きられなかった悔しさもあったんだろうけど、どこか「来る者拒まず」の明るさがあった。周囲の人々を慕い、周囲からも慕われる、子規の天性の伸びやかさだよね。世界最短文学に短い一生を託した男に、ロマンチシズムとクールさの双方を感じましたね。

夏井　ロマンチシズムとクールさを内包するよもだ俳人子規。言葉越しに世の中を切り取る俳人子規と、カメラ越しに世の中を映し出す奥田監督との、表現者としての共通点もそのあたりなんだろうなあ。

今回のよもだ対談で、闘志と情熱と好奇心で、時代の波に乗って生き抜いていった子規のエネルギーに触れることができたんだけど、触媒となったのは、間違いなく奥田さんの美学だったね。

奥田　「俳句とは宇宙である」という話をしたけど、子規の句を通して、僕の中には奥田の内的宇宙が立ち上がって、夏井さんには、夏井さんオリジナルの内的宇宙が生まれましたよね。それぞれ別の惑星なんだけど、言葉やイマジネーションを駆使して惑星同士がつながっていくような対談でした。酒もどんどん進んで、ほんとに楽しかった！

夏井　またぜひ、よもだ対談しようね！　次は、奥田監督の俳句映画、完成祝賀会で乾杯かな!?

奥田瑛二の推し十句

ふきもせぬ風に落ちけり蝉のから　明治24年　p.148

世の人にふまれながらや花すみれ　明治25年　p.135

行く秋の月夜を雨にしてしまひ　明治28年　p.138

眞夜中や蚯蚓の聲の風になる　明治29年　p.145

日のあたる硯の箱や冬の蠅　明治32年　p.155

筆モ墨モ溲瓶モ内ニ秋ノ蚊帳　明治34年　p.154

消エントシテトモシ火青シキリギ、ス　明治34年　p.153

艶俳句

傾城の菫は痩せて鉢の中　明治26年　p.73

傾城の団扇に這はす蛍哉　明治26年　p.136

青梅や傾城老いて洗ひもの　明治26年　p.133

夏井いつきの推し十句

六月を奇麗な風の吹くことよ　明治28年　p.146

夏嵐机上の白紙飛び尽す　明治29年　p.141

凩や燃えてころがる鉋屑　明治29年　p.143

馬追の長き髭ふるランプ哉　明治31年　p.140

片側は海はつとして寒さ哉　明治32年　p.143

生きてをらんならんといふもあつい事　明治34年　p.158

糸瓜咲て痰のつまりし仏かな　明治35年　p.37

艶俳句

炎天や御歯黒どぶの泡の数　明治26年　p.89

色里や十歩はなれて秋の風　明治28年　p.51 p.63

傾城の汐干見て居る二階哉　明治31年　p.77

おわりに

子規のダンディズム

奥田瑛二

ダンディズムにマニュアルはない。

それにもかかわらず、

「これが、男のダンディズムだ」

ひと昔前は、そんな方法論がまことしやかに世間にあった。テレビドラマや雑誌で扱われ、小生も臆面もなくその風潮に加担した。

時には抗いながら、自分なりのダンディズムを語ったりもした。

「ダンディズムというのは、その男がこれまで生きてきた結果論である」、と。

小難しい言い方だが、「ダンディズムにマニュアルはない」と、当時もそれなりに言いたかったのだろう。

あれから数十年が過ぎた今、正岡子規と対峙した。そして思った。子規が、これほどダンディな男だったとは——。

死生観さえ見えてくる艶俳句では、己の生と性をとことん客観視し、不治の病を克明に詠む辞世の句では、絶望さえも短調にはしない。いったい彼の眼はどれほどまで世の中を観る能力に長けていたことだろう。想像するだけで、ひとりのダンディな男がありありと顕れる。

ふきもせぬ風に落ちけり蝉のから

この句もなんという透徹な視線だろう。
明治二十四年の作というから、子規が二十四歳の時に詠んだ句だ。帝国大学に通う大学生の若者だ。

蟬というのはこの上なく「時」を感じさせてくれる生き物である。諸説あるが、よく言われるのは「蟬の命は七年七日」。土の中で幼虫として七年過ごした雄は、地上に出てきて力の限り鳴き続けて七日で生を全うする、というわけだ。鳴くのは、伴侶を見つけて子孫を残すためである。鳴かない雌は、七日の間に気に留めた雄と交わり子を成し、そして果てる。

果てて残るは空蟬(うつせみ)である。その一生を「儚(はかな)い」と捉えるか？　無常だと感じるか？　もしも子規の句にその答えを求めるならば、そこにあるのは「蟬の意思」ではないだろうか。意思であり、意志であり、遺志である。

ちなみに、小生の趣味の一つは空蟬の収集である。我が雑破な書斎に、数えたことはないが五十体は超えるであろう空蟬があちらこちらに存在している。日頃の夏の散歩の成果であり昆虫好きの果てなのか……なかば自分にあきれながらも、蟬が生まれて生きてこの世に残した使命感を手のひらに感じるのをやめられない。

ふしぎなのだが、子規の句はそんな己さえも包み込み、そして同化する。次第に見えてくるのは、子規ばかりでなく自分の姿でもあった。

「まるで鏡だな……」

子規の句を通して、見えないものがいくつも見えてくる体験をしたこの対談は、俳句は己の鏡であることをあらためて教えてくれたのである。


それも、ひとえに夏井いつきさんのおかげに他ならない。記憶が定かであれば、初めてお会いしたのは和食の料理屋で、対座して一通りの挨拶を交わしたのであるが、小生の第一印象は「え？　可愛い！」であった。

声と笑顔としぐさが相まってその可憐さがあっという間に小生を取り込んだのである。

小生は、この本を出すにあたりこれから幾度か対談でお会いするのであるから、似非者であってはならない。分からないこと、知りたいこと、知っていることをさらけ出し、生徒になろう。そう心に決めたのである。そして時を忘れて語り合い、日本酒の喉越しなめらかに珠玉の時を過ごさせていただいたのである。ちなみに小生の特技はどんなに酒を飲んでも翌日、全て憶えていることであるが、時としてそれは天国にも地獄にもなる。「あっ、またやっちゃった。ウーム……」、これは、昨夜の出来事の失態を後悔する時であるが、酒の所為にはできない。記憶がある以上は誤魔化すことができないのが小生の性分だからである。幸いにして夏井先生と酒を酌み交わしながらの艶俳句対談は楽しく有意義、脱線も含め好スタートを切ったのである。

結果、子規を媒介として己の積年を顧み、夏井先生の鋭い洞察に導かれながら傾城、辻君、禿など、生ある者の奥底に辿り着かんと邁進の酒を飲み続けた小生であった。対談の最中、一句、一句にヒロインが現れては消え、消えては現れていった。彼女らは現存する俳優（女）には演じることのできない哀切感とささやかな笑みを小生の心に残してくれた。本書に綴られている女性を掬い上げ色町の人間模様を脚本にし、彼女たちを語る映画を創ることができればと思うのである。

小生の妄想と想像は更に進む――。

それは、『よもだ』である。

「よもだ」なジジイがいて、

「よもだ」なバァバァがいて、

「よもだ」な孫がいて、

「よもだ」じゃない孫のガールフレンドがいて、

お父さんと、お母さんはどちらかが「よもだ」である。

孫とガールフレンドは同級生で、同じ部活、俳句部に所属。もちろん場所は俳都松山でなくてはいけない。二人は俳句となると何故かケンカばかりしている。

——部活の帰り道の孫とガールフレンド。

少女「ねぇ、何この句？」

孫　「何が？」

少女「何を伝えたいのか、何を言いたいのか、全然伝わらない……バッカじゃない？」

孫「うっせぇんだよ！　お前には分かんないんだよ、俺の天才的なひらめきが」

少女「は？　どこが天才？」

孫「だから……全体だよ。世界最高の文学、十七音に綴られた俺の宇宙と子規……」

少女「は？　どこが宇宙なわけ？……どこが子規なわけ？　空っぽの宇宙ね？　この句のどこに子規がいるの？」

孫「全身だよ。隅々まで……革新というジャックナイフ」

少女「は？　バッカじゃない。何がジャックナイフよ……」

――こんな二人でありながら、いつしか俳句にのめり込んでいく……。

そして句作を重ねていくうちに、少年は自身のアイデンティティに目覚めていく。

この映画は少年と少女、二人の多感な日々を綴っていくと同時に、家族とは？　自分とは何か？　を問いながら進んでいく。

すなわち「よもだ」感満載の青春・家族映画……。

当然、全篇松山弁。

キャスト

孫・少年＝新人（17歳）

少女　＝新人（17歳）

ジジィ＝奥田瑛二（未定）

バァバァ＝夏井いつき（未定）

父　＝？

母　＝？

孫・姉　＝OL？

スタッフ
俳句監修・夏井いつき（予定）
脚本・監督・奥田瑛二（予定）

まずは脚本作りか……。

なんだか取り留めのないあとがきになってしまったが映画人、奥田瑛二の妄想ではない気がしてきた。

二〇二三年七月吉日

子規の艶俳句

本書対談の口火となったのは、正岡子規の俳句の中に、「傾城」や「遊女」、「出女」「辻君」「禿」「吉原」等々の、遊里に関する俳句が多いという話題であった。
本資料は、正岡子規の俳句の中で、遊里の世界を詠んだものとして解釈できる、または、その解釈の可能性を持った俳句の一覧である。これらの俳句は、対談における奥田瑛二の命名のまま「子規の艶俳句」として掲載する。

ほと、きす顔の出されぬ格子哉　明治22年
よし原は猫もうかれておどりけり　明治23年
辻占や女許りの格子さき　明治23年
五月雨や傾城のぞく物の本　明治24年
葉桜や傾城しらぬ夏の景　明治24年
傾城にまことありけり秋のくれ　明治24年
辻君のたもとに秋の蛍かな　明治24年
辻君や落葉ひつつつく石地蔵　明治24年
傾城の門まで出たり凧　明治25年
傾城の息酒くさし夕桜　明治25年

朧夜はお歯黒どぶの匂ひ哉　明治25年
ちることは禿もしらず夕桜　明治25年
鉄門に爪の思ひや廓の猫　明治25年
早乙女のむかしを語れ小傾城　明治25年
きぬきぬの朝ひやつくや竹婦人　明治25年
島原や草の中なる時鳥　明治25年
遊女一人ふえぬ日はなし京の秋　明治25年
傘持は秋ともしらす揚屋入　明治25年
傾城に電話をかけん秋のくれ　明治25年
傾城の咄ときる、夜長かな　明治25年

傾城に歌よむはなしけふの月　明治25年
傾城の燈籠のぞくや寶巖寺　明治25年
傾城は屏風の萩に旅寐哉　明治25年
朝顔や傾城町のうら通り　明治25年
きぬきぬにものいひ残す寒哉　明治25年
廓行きの車夫にぬかれる寒さ哉　明治25年
色里や時雨きかぬも三年ごし　明治25年
きぬぎぬに寒聲きけは哀れ也　明治25年
四五枚の木の葉掃き出す廓哉　明治25年
初ゆめや女郎と論語の巻の一　明治25年
夢に見ん遊女もしらず春の雨　明治26年
朧夜やまぼろし通ふ衣紋坂　明治26年
きぬきぬのあしたを霜の別れ哉　明治26年
出女を相手や旅の二日灸　明治26年
きぬぎぬや来年契る雛の顔　明治26年
鶯や京へ売らるゝ小傾城　明治26年
鶯や里へ売らるゝ小傾城　明治26年

吉原や真昼の頃の揚雲雀　明治26年
蝶飛て琴ひく局々かな　明治26年
夜な夜なの辻君かくす柳哉　明治26年
傾城のお白粉はげて朝桜　明治26年
吉原の朧夜桜露もなし　明治26年
桜ちるこの曙の廓かな　明治26年
一本の菫あらそふ局かな　明治26年
傾城の菫は痩せて鉢の中　明治26年
茅花さく家を傾城のなれのはて　明治26年
六月や太夫となる身罪深し　明治26年
短夜は大門に明けてしまひけり　明治26年
動かれぬ遊女の罪のあつさ哉　明治26年
傾城にいつわりのなき熱さ哉　明治26年
傾城に可愛がらるゝ暑さ哉　明治26年
傾城の寝顔にあつしほつれ髪　明治26年
傾城は誠にあつき者なりけり　明治26年
小格子にほこりのたまる暑哉　明治26年

傾城をよぶ声夏の夜は明けぬ　明治26年
涼しさや海にそふたる一郭　明治26年
秋近し七夕恋ふる小傾城　明治26年
鏡見てゐるや遊女の秋近き　明治26年
傾城の文と、きけり五月雨　明治26年
傾城や年よりそむる五月雨　明治26年
五月雨の哀れを尽す夜鷹哉　明治26年
夕立や簀戸に押されし小傾城　明治26年
傾城は格子の内や夏の月　明治26年
日さかりに兵卒出たり仲の町　明治26年
炎天や御歯黒どぶの泡の数　明治26年
傾城も石になりたる夏野哉　明治26年
傾城の故郷や思ふ柏餅　明治26年
傾城をかむろとりまく粽哉　明治26年
薬玉にかくれうせたる禿哉　明治26年
夏籠に瘦る禿の哀れ也　明治26年
傾城に起請の外の夏書哉　明治26年

島原や昼はものうき田植歌　明治26年
傾城も娘めきたり青簾　明治26年
掛香や遊女が親の泥臭き　明治26年
身受けせし傾城くやし衣かへ　明治26年
帷子のあさはか過る郭哉　明治26年
帷子をこほる、肌の匂ひ哉　明治26年
ものうしや傾城をまつ蚊帳の中　明治26年
傾城の文反古まじる紙帳哉　明治26年
傾城にあふがれて居る団哉　明治26年
傾城にとりかくされし扇哉　明治26年
傾城にものか、れたる扇哉　明治26年
きぬきぬの心やすさよ竹婦人　明治26年
傾城の名をつけて見ん竹婦人　明治26年
傾城の姿あらはす蚊遣哉　明治26年
傾城の手つからくへる蚊遣哉　明治26年
何思ふ室の遊女の蚊遣哉　明治26年
船にたく室の遊女の蚊遣哉　明治26年

虫干や傾城の文親の文　明治26年
虫干や釈迦と遊女のとなりあひ　明治26年
傾城の重ね着苦し汗の玉　明治26年
夏痩を親に泣かるゝ遊女哉　明治26年
傾城の昼寝はあつし金屏風　明治26年
蚤の子の遊女うらやむすゞみ哉　明治26年
傾城にふられてひとりすゞみ哉　明治26年
傾城の海を見て居る夕涼み　明治26年
傾城や客に買はれて夕涼み　明治26年
傾城の娘もちける鵜匠哉　明治26年
傾城の夢に殿御の照射哉　明治26年
傾城の噛み砕きけり夏氷　明治26年
傾城の腹をひやさん氷餅　明治26年
傾城のなるゝ柱も一夜鮓　明治26年
太秦や山ほとゝきす古遊女　明治26年
郭には大鼓のさかりほとゝきす　明治26年
傾城の鼾おそろしほとゝきす　明治26年

傾城の耳たぶ広しほとゝきす　明治26年
叱られて禿泣く也ほとゝきす　明治26年
吉原や水鶏にさむる人もなし　明治26年
傾城の団扇に這はす蛍哉　明治26年
傾城に死んで見せけり火取虫　明治26年
蚊の狂ふたそかれ時の化粧哉　明治26年
傾城の在所をきけば藪蚊哉　明治26年
きぬぎぬに蚤の飛び出す蒲団哉　明治26年
傾城のうらやまれけり蝸牛　明治26年
傾城の発句名高し初松魚　明治26年
むしられて見返り柳夏痩せぬ　明治26年
大きさは禿の顔の牡丹哉　明治26年
傾城の瓶にしぼみし牡丹哉　明治26年
紫陽花や舌を見せたる小傾城　明治26年
凌霄やからまる縁の小傾城　明治26年
夏に籠る傾城もあり百日紅　明治26年
青梅や傾城老いて洗ひもの　明治26年

一日に遊女の老いる若葉哉 明治26年
傾城が筆のすさひや燕子花 明治26年
芍薬は遊女の知らぬさかり哉 明治26年
傾城にとへども知らず紅の花 明治26年
傾城の罪をつくるや紅の花 明治26年
昼顔に傾城眠きさかり哉 明治26年
夕顔やどこの遊女のなれのはて 明治26年
傾城の悟り顔なり蓮の花 明治26年
覚束な遊女が後世の蓮の数 明治26年
瓜二つ重たさうなる禿かな 明治26年
子規顔を格子におしあてる 明治26年
きぬきぬや柳の風のうそ寒し 明治26年
金屛風傾城こもる秋の暮 明治26年
傾城の海を背にする夜寒哉 明治26年
傾城のぬけがらに寐る夜寒哉 明治26年
廓の月奥の二階のさわぎ哉 明治26年
大門を出でて隅田の月夜哉 明治26年

名月やあからさまなる局口 明治26年
三千の遊女に砧うたせばや 明治26年
傾城はなれてよく寐る鹿の聲 明治26年
上臈の折たさうなる紅葉哉 明治26年
辻君や尾花波よる袖の露 明治26年
傾城も南瓜の畑で生れけり 明治26年
裏町は鶏頭淋し一くるわ 明治26年
きぬぎぬの鴉見にけり嵯峨の冬 明治26年
傾城の出しぬかれたる師走哉 明治26年
辻君になじみを持てり年の暮 明治26年
きぬきぬの持たれて戀の大三十日 明治26年
きぬきぬを樂みにして大三十日 明治26年
きぬきぬに念佛申す寒さ哉 明治26年
風吹て禿寒がる屛風哉 明治26年
傾城のうそも上手にさよしくれ 明治26年
しくるゝや局隣も草雙紙 明治26年
出女の聲にふり出す時雨かな 明治26年

傾城曰く帰らしやんすか此雪に　明治26年
傾城の紋は何紋衣配り　明治26年
あかゝりや局住居は去年の梦　明治26年
傾城は痩せて小さき蒲團哉　明治26年
傾城の泪にやれし紙衣かな　明治26年
傾城の涙煮えけり玉子酒　明治26年
傾城の噂を語れ納豆汁　明治26年
傾城と千鳥聞く夜の寒さ哉　明治26年
辻君の衾枯れたる木陰哉　明治26年
遊女つれて京に入る日や紅葉散る　明治26年
傾城も猫もそろふて雜煮哉　明治26年
春の夜や廓へはいる小提灯　明治27年
春の夜や傾城買ひに小提灯　明治27年
燕や千住女郎をなぶり行　明治27年
大城の廓残りて梅の花　明治27年
山城の廓残りて梅の花　明治27年
大門につきあたりたる柳哉　明治27年

大門や柳かぶつて灯をともす　明治27年
柳青し紅燈七十二青楼　明治27年
島原の一本桜古りにけり　明治27年
大門や夜桜深く灯ともれり　明治27年
色里や白頭の翁花を売る　明治27年
傾城の花に泣く夜となりにけり　明治27年
山ぞひや花の根岸の一くるわ　明治27年
吉原や道の真中の花盛　明治27年
紙にうけて落花を包む禿哉　明治27年
塗盆に禿のはこぶ若菜かな　明治27年
菜の花や岡崎女郎衆人を呼ぶ　明治27年
遊女老いて茅花まじりの垣根哉　明治27年
水無月の傾城並ぶ格子かな　明治27年
汗くさしうしろ向たる小傾城　明治27年
時鳥鳴くや局の銀屏風　明治27年
大門を夜な夜なたゝく水鶏かな　明治27年
傾城のぬけ殻に蚤のはねる哉　明治27年

昏や格子に開く紅粉の花　明治27年
うそ寒の誠を泣くや小傾城　明治27年
長き夜や誰がきぬきぬの鶏が鳴く　明治27年
長き夜をたるまず廓の大鼓哉　明治27年
秋風や傾城町の晝下り　明治27年
猪牙舟の忽ち遠し三日の月　明治27年
きぬきぬの薄の小道君招く　明治27年
傾城のひとり寐ねたる寒さかな　明治27年
傾城はうしろ姿の寒さ哉　明治27年
傾城を舟へ呼ぶ夜の寒さかな　明治27年
吉原の裏道寒し卵塔場　明治27年
凩や道哲の鉦打ちしきる　明治27年
凩や晝は淋しき廓道　明治27年
初雪や唐人の歌女郎の歌　明治27年
吉原の廓見えたる冬田かな　明治27年
爐開いて僧呼び入る、遊女かな　明治27年
傾城の足音更ける火鉢哉　明治27年

傾城の古郷遠し京の春　明治27年
三椀の雑煮喰ひぬ小傾城　明治27年
初鴉きぬきぬの恨みなかりけり　明治27年
小桜といふ遊女を買ひぬ春の暮　明治28年
小春といふ遊女を買ひぬ春の暮　明治28年
春の夜のともし消ちたり小傾城　明治28年
春の夜や傾城町の電気燈　明治28年
春の夜や局女の草双紙　明治28年
吉原や橋ひきあげて春の月　明治28年
辻君を待たずしもあらず朧月　明治28年
首途やきぬぎぬをしむ雛もなし　明治28年
鶯に小判投げたる禿かな　明治28年
傾城も居らず蝶飛ぶ仲の町　明治28年
家見ゆる花の麓の郭かな　明治28年
海棠の花に紅さす局かな　明治28年
睾丸をのせて重たき団扇哉　明治28年
傾城の顔にあてたる団扇哉　明治28年

豁然と牡丹伐りたる遊女かな　明治28年
牡丹載せて今戸へ帰る小舟かな　明治28年
古里や秋に痩せたる小傾城　明治28年
此頃は辻君見えず秋の暮　明治28年
傾城に袖引かれたる夜寒哉　明治28年
出女の油をこぼす夜寒かな　明治28年
長き夜や古傾城のささめ言　明治28年
色里や十歩はなれて秋の風　明治28年
辻君の辻に立待月夜かな　明治28年
稲妻に紅粉つけて居る遊女哉　明治28年
七夕に草履を貸すや小傾城　明治28年
たはれ男の遊君祭る燈籠哉　明治28年
捨團扇遊女の顔のあはれなり　明治28年
吉原の太皷更けたりきりきりす　明治28年
町あれて柿の木多し一くるわ　明治28年
鬼灯をほうと吹きたる禿かな　明治28年
蕣やきのふ死んだる小傾城　明治28年

きぬぎぬや蕣いまだ綻びず　明治28年
きぬきぬや蕣折りて參らする　明治28年
小傾城蕣の君と申しけり　明治28年
だまされて遊女うらむや年の暮　明治28年
傾城の外はしくる、とも知らず　明治28年
傾城は知らじ三夜さのむら時雨　明治28年
傾城やしくれふるとも知らで寐る　明治28年
吉原や晝のやうなる小夜時雨　明治28年
晝中の傾城寐たるこたつ哉　明治28年
傾城のひとり寐ねたる湯婆哉　明治28年
舟に寐る遊女の足の湯婆哉　明治28年
あかゞりや傾城老いて上根岸　明治28年
猪牙借りて妹がり行けば川千鳥　明治28年
出女のあくびして居る日永かな　明治29年
行春を尋ねて見ばや京女郎　明治29年
傾城の文にも春を惜むかな　明治29年
傘さして傾城なぶる春の雨　明治29年

傾城の裲襠着て見つ春の雨　明治29年
傾城は五階の上の霞哉　明治29年
出女の声の中飛ぶ燕かな　明治29年
きぬぎぬの使来りぬ梅の花　明治29年
きぬぎぬの使参りぬ梅の花　明治29年
出女が恋持つ桃に花が咲く　明治29年
吉原や雪洞多き八重桜　明治29年
吉原や烏鳴いても散る桜　明治29年
うたゝねや遊女の膝の明け易き　明治29年
きぬぎぬや明け易き夜を葛の風　明治29年
短夜やわりなくなじむ小傾城　明治29年
五月雨の傘ばかりなり仲の町　明治29年
出女のなじみそめけり五月雨　明治29年
蚊遣りすてゝ辻君こもをかゝえ行　明治29年
小傾城蚊遣に顔をそむけゝり　明治29年
きぬぎぬのはなれがたさや鮓の圧　明治29年
孑孑のこゝを吉原と申すぞや　明治29年

孑孑やお歯黒どぶの昼過ぎたり　明治29年
きぬぎぬを茨が袖ひく花茨が　明治29年
塗盆に崩れ牡丹をかむろかな　明治29年
出女が風邪引聲の夜寒かな　明治29年
露の中に赤き廓のともし哉　明治29年
稲妻に屏風をかこふ遊女かな　明治29年
日傘して花野の小女郎誰が小女郎　明治29年
傾城の猶うつくしき燈籠哉　明治29年
傾城の鹿呼ぶ奈良の夕淋し　明治29年
傾城や格子にすがる籠の虫　明治29年
朝顔に傾城だちの軒かな　明治29年
朝顔に吉原の夢はさめにけり　明治29年
きぬきぬを朝顔の花に見られけり　明治29年
出女のへりて目黒の寒さ哉　明治29年
寒さうに皆きぬきぬの顔許り　明治29年
きぬぎぬを引きとめられてしぐれけり　明治29年
仲町や禿もまじり雪掻す　明治29年

走り来る禿に聞けば夜の雪　明治29年
吉原や眼にあまりたる雪の不盡　明治29年
きぬぎぬや冬の有明寒鴉　明治29年
辻君の白手拭や冬の月　明治29年
きぬぎぬの大門出れば冬田哉　明治29年
吉原の冬田まばゆき朝日哉　明治29年
小格子や遊女と語る春の宵　明治30年
春雨の川をながむる格子窓　明治30年
出女が恋する桃に花が咲く　明治30年
写真取る桜がもとの小女郎哉　明治30年
青楼の壁に牡丹の詩を題す　明治30年
吉原を見下す花の茶店哉　明治30年
油さしに禿時問ふ夜寒哉　明治30年
吉原の太鼓聞ゆる夜寒哉　明治30年
誰やらの後姿や廓の月　明治30年
夜霧こめて赤き灯見ゆる廓哉　明治30年
吉原の燈籠見による酒の酔　明治30年

傾城を見たる師走の温泉かな　明治30年
吉原を通れば除夜の大鼓哉　明治30年
居つゞけに禿は雪の兎かな　明治30年
綿入の袂探りそなじみ金　明治30年
吉原の禿遊ふや松の内　明治30年
吉原に禿遊ふや松の内　明治30年
お雑煮をす、め參らす局哉　明治30年
春の夜の明けなんとする廓哉　明治31年
春の夜の風引声や禿呼ぶ　明治31年
大門を出て朧なり土手の月　明治31年
朧夜や島原さして小提灯　明治31年
物にすねて揚屋出る夜の朧なる　明治31年
傾城の汐干見て居る二階哉　明治31年
きぬきぬの猫を見てやる夜明哉　明治31年
吉原の火事映る田や鳴く蛙　明治31年
京町の火事や桜は恙なし　明治31年
旅にして妓楼に遊ぶ浴衣哉　明治31年

小芸者の蚊遣も焚かず夕化粧　明治31年
汗くさき遊女と寝たり狭き花筵　明治31年
蚊に馴れて能く寝る室の遊女哉　明治31年
蚊の声に馴れて遊女の眠り哉　明治31年
吉原の踊過ぎたる夜寒哉　明治31年
吉原のにわか過ぎたる夜寒かな　明治31年
船を出て月に散歩す遊女町　明治31年
貸したがる禿も星に紅の帯　明治31年
燈籠に夜半の喧嘩や仲の町　明治31年
燈籠の夜に見初めたる遊女哉　明治31年
吉原の燈籠見による月夜哉　明治31年
吉原や燈籠の花人の花　明治31年
今も猶柳散るなり山谷堀　明治31年
大門の柳散りけり掃きにけり　明治31年
傾城の顔見て過ぬ酉の市　明治31年
小道して廓に出でぬ春の月　明治32年
吉原の裏を通るや春の月　明治32年

気に入らぬ遊女眠りぬ朧月　明治32年
行く鳥や傾城国に帰る船　明治32年
吉原や雨の夜桜蛇目傘　明治32年
海棠に遊ぶ二人の禿哉　明治32年
朝顔に傾城眠きさかり哉　明治32年
朝顔の垣根荒れたり小傾城　明治32年
廓出て仕置場を行く寒哉　明治32年
傾城に約束のあり酉の市　明治32年
吉原てはくれし人や酉の市　明治32年
吉原を始めて見るや酉の市　明治32年
枯蘆を刈りて洲崎の廓哉　明治32年
春の夜や見知顔する小傾城　明治33年
小格子より出す手を握る朧月　明治33年
辻君の留守に燃えるたる蚊遣哉　明治33年
女郎買をやめて此頃秋の暮　明治33年
寒垢離に逢ひける揚屋の戻りかな　明治34年
傾城を買ひに往く夜や鮟鱇鍋　明治35年

主要参考文献

河東碧梧桐『子規の回想』昭南書房、一九四四年
ドナルド・キーン『正岡子規』新潮社、二〇一二年
関川夏央『子規、最後の八年』講談社文庫、二〇一五年
堀内統義『恋する正岡子規』創風社出版、二〇一三年
正岡子規『仰臥漫録』(改版) 岩波文庫、一九八三年
正岡子規『病牀六尺』(改版) 岩波文庫、一九八四年
正岡子規『墨汁一滴』(改版) 岩波文庫、一九八四年
正岡子規『子規全集 第八巻「漢詩 新体詩」』講談社、一九七六年
正岡子規『子規全集 第十二巻「随筆 二」』講談社、一九七五年
正岡子規『子規全集 第十三巻「小説 紀行」』講談社、一九七六年
正岡子規『子規全集 第十五巻』(非売品) アルス、一九二六年
正岡子規『正岡子規 ちくま日本文学全集』ちくま文庫、一九九二年
正岡子規『笑う子規』(天野祐吉 編、南伸坊 絵) ちくま文庫、二〇一五年
町立久万美術館 編『生誕100年―重松鶴之助―よもだの創造力:伊丹万作 中村草田男 伊藤大輔「楽天」の仲間たち』町立久万美術館、二〇〇三年

松山市立子規記念博物館 編『子規と写生文〈第32回特別企画展〉』松山市立子規記念博物館、一九九五年
和田克司 編『子規選集 第10巻「子規の手紙」』増進会出版社、二〇〇二年
和田克司 編『子規選集 第14巻「子規の一生」』増進会出版社、二〇〇三年
和田茂樹 編『正岡子規〈新潮日本文学アルバム 21〉』新潮社、一九八六年
越智二良「『俳聖見染塚』始末」〈月報15〉『子規全集 第十三巻』講談社、一九七六年

松山市立子規記念博物館
https://shiki-museum.com/masaokashiki/haiku

〈第一夜〉松山／出逢いのスナップ

夏井いつき なつい・いつき

1957年愛媛県生まれ。俳人。俳句集団「いつき組」組長。８年間の中学校国語教師を経て俳人へ転身。94年「第８回俳壇賞」、2000年「第５回中新田俳句大賞」受賞。創作活動に加え、「句会ライブ」や講演など、俳句の種まき運動の傍ら、MBS「プレバト!!」など各メディアで幅広く活躍。15年より初代俳都松山大使。主な著書に、『句集　伊月集　鶴』『夏井いつきのおウチde俳句』（共に朝日出版社）、『夏井いつきの世界一わかりやすい俳句の授業』（PHP研究所）、『子規365日』（朝日文庫）、『瓢簞から人生』（小学館）など。

奥田瑛二 おくだ・えいじ

1950年愛知県生まれ。俳優・映画監督。79年映画『もっとしなやかにもっとしたたかに』で初主演。86年『海と毒薬』で毎日映画コンクール男優主演賞、89年『千利休 本覺坊遺文』で日本アカデミー主演男優賞を受賞。94年『棒の哀しみ』ではキネマ旬報、ブルーリボン賞など８つの主演男優賞を受賞する。2001年監督デビュー。近年の出演作に、主演映画『洗骨』（19年／照屋年之監督）、連続テレビ小説「らんまん」（23年度前期／NHK）などがある。主な著書に、『男のダンディズム』（KKロングセラーズ）、『私の死生観』（共著／角川oneテーマ21）など。

朝日新書
924

よもだ俳人子規の艶

2023年9月30日第1刷発行

著　者　夏井いつき
奥田瑛二

発行者　宇都宮健太朗
カバーデザイン　アンスガー・フォルマー　田嶋佳子
印刷所　凸版印刷株式会社
発行所　朝日新聞出版
〒104-8011　東京都中央区築地5-3-2
電話　03-5541-8832（編集）
03-5540-7793（販売）

Published in Japan by Asahi Shimbun Publications Inc.
ISBN 978-4-02-295230-1
定価はカバーに表示してあります。

落丁・乱丁の場合は弊社業務部(電話03-5540-7800)へご連絡ください。
送料弊社負担にてお取り替えいたします。

朝日新書

歴史のダイヤグラム〈2号車〉
鉄路に刻まれた、この国のドラマ

原　武史

天皇と東條英機が御召列車で「戦勝祈願」の旅。戦犯指名から鉄道で逃げ回る辻政信。太宰治『人間失格』は「鉄道知らず」。落合博満と内田百閒、発車直前の歩調。あの時あの人が乗り合わせた鉄道だけが知っている大事件、小さな出来事――。朝日新聞土曜「be」好評連載の新書化、待望の第2弾。

親の終活 夫婦の老活
インフレに負けない「安心家計術」

井戸美枝

親の介護、見送り、相続や夫婦の年金、住まい、子どもの将来まで、頭が痛い問題が山積みになる定年前後。制度改正の複雑さや物価高も悩みのタネ。人生100年時代、まだ元気なうちに備えておきたいポイントをわかりやすく解説し、老後のお金の不安を氷解させる。

「単純化」という病
安倍政治が日本に残したもの

郷原信郎

政治の〝1強体制〟は、日本社会にどのような変化をもたらしたのか。森友・加計・桜を見る会……。「法令に違反していない」「解釈を変更した」と開き直り、逃げ切る「スタイル」の確立は、「多数決」ですべての物事を押し通せることを示し、分断を生んだ。問題の本質を見失ったままの状態が続く日本の病に、〝物言う弁護士〟が切り込む。

学校がウソくさい
新時代の教育改造ルール

藤原和博

学校は社会の縮図。その現場がいつの時代にもまして ウソくさくなっている。特に公立の義務教育の場が著しい。社会からの十重二十重のプレッシャーで虚像になってしまった学校の実態に、「原点回帰」の処方を示す。教育改革実践家の著者によるリアルな提言書！

人口亡国
移民で生まれ変わるニッポン

毛受敏浩

〝移民政策〟を避けてきた日本を人口減少の大津波が襲っている。GDP世界3位も30年後には8位という並の国に。まだ日本に魅力が残っている今、外国人から移民先として選ばれる政策をはっきりと打ち出し、この国を支える人たちを迎え入れてこそ将来像が描ける。

マッチング・アプリ症候群
婚活沼に棲む人々

速水由紀子

婚活アプリで1年半に200人とマッチングしてみたところ、「富豪イケオジ」「筋モテ」「超年下」「写真詐欺」「ヤリモク」……〝婚活沼〟の底には驚くべき生態が広がっていた！　合理的なツールか、やはり危険な出会い系なのか。「2人で退会」の夢を叶えるための処方箋とは。

問題はロシアより、むしろアメリカだ
第三次世界大戦に突入した世界

エマニュエル・トッド
池上　彰

世界の頭脳であるフランス人人口学者のエマニュエル・トッド氏と、ジャーナリストの池上彰氏が、ウクライナ戦争後の世界を読み解く。覇権国家として君臨してきたアメリカの力が弱まり、多極化、多様化する世界が訪れる――。全3日にわたる白熱対談！

朝日新書

高校野球　名将の流儀
世界一の日本野球はこうして作られた

朝日新聞スポーツ部

WBC優勝で世界一を証明した日本野球。その「心・技・体」の基礎を築いた高校野球の名監督たちの哲学に迫る。村上宗隆、山田哲人など、WBC優勝メンバーへの教えも紹介。松井秀喜や投手時代のイチローなど、球界のレジェンドたちの貴重な高校時代も。

「深みのある人」がやっていること

齋藤　孝

老境に差し掛かるころには、人の「深み」の差は歴然と表れる。そして深みのある人は周囲から尊敬を集める。だが、そもそも深みとは何なのか。「あの人は深い」と言われる人が持つ考え方や習慣とは。深みの本質と出し方を、人気教授が解説。

天下人の攻城戦
15の城攻めに見る信長・秀吉・家康の智略

渡邊大門／編著

信長の本願寺攻め、秀吉の備中高松城水攻め、真田丸の攻防をはじめ、戦国期を代表する15の攻城戦を徹底解剖！「城攻め」から見えてくる3人の天下人の戦術・戦略とは？　最新の知見をもとに、第一線の研究者たちが合戦へと至る背景、戦後処理などを詳説する。

新しい戦前
この国の〝いま〟を読み解く

内田　樹
白井　聡

「新しい戦前」ともいわれる時代を〝知の巨人〟と〝気鋭の政治学者〟は、どのように捉えているのか。日本政治と暴力・テロ、防衛政策転換の落とし穴、米中対立やウクライナ戦争をめぐる日本社会の反応など、歴史の転換期とされるこの国の〝いま〟を考える。

朝日新書

動乱の日本戦国史
桶狭間の戦いから関ヶ原の戦いまで

呉座勇一

教科書や小説に描かれる戦国時代の合戦は疑ってかかるべし。信長の鉄砲三段撃ち（長篠の戦い）、家康の問鉄砲（関ヶ原の戦い）などは後世の捏造だ！　戦国時代を象徴する六つの戦いについて、最新の研究結果を紹介し、その実態に迫る！

プア・ジャパン
気がつけば「貧困大国」

野口悠紀雄

かつて「ジャパン・アズ・ナンバーワン」とまで称されたわが国は大きく凋落し、購買力は1960年代のレベルまで下落した。経済大国から貧困大国に変貌しつつある日本経済の現状と復活策を、60年間世界をみつめた経済学の泰斗が明らかにする。

鵺（ぬえ）の政権
ドキュメント岸田官邸620日

朝日新聞政治部

朝日新聞大反響連載、待望の書籍化！　岸田政権の最大の危うさは「状況追従主義」にある。ビジョンと熟慮に欠け求心力がない。稚拙な政策のツケはやがて国民に及ぶ。つかみどころのない〝鵺〟のような虚像の正体に迫る渾身のルポ。

よもだ俳人子規の艶

夏井いつき
奥田瑛二

34年の短い生涯で約2万5千もの俳句を残した正岡子規。中には遊里や遊女を詠んだ句も意外に多く、ユーモアや反骨精神、ダンディズムなどが味わえる。そんな子規俳句を縦横無尽に読み込む、松山・東京・道後にわたる全三夜の子規トーク！

人類滅亡2つのシナリオ
AIと遺伝子操作が悪用された未来

小川和也

急速に進化する、AIとゲノム編集技術。画期的な技術ゆえ、制度設計の不備に〝悪意〟が付け込めば、人類の未来は大きく暗転する。「デザイナーベビーの量産」、「〝超知能〟による支配」……。想定しうる最悪な未来と回避策を示す。